千羽鹤

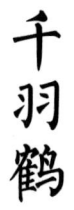

[日]川端康成 著
陈德文 译

陕西师范大学出版总社

雅众文化 出品

目 录

千羽鹤   1
  千羽鹤   3
  森林的夕阳   40
  志野瓷   67
  母亲的口红   89
  两重星   118

波千鸟   155
  波千鸟   157
  旅途的别离   188
  新家庭   233

译后记   255

千羽鶴

千羽鹤

一

菊治走进镰仓圆觉寺[1]境内之后,又犯了犹豫,要不要去出席茶会呢?时间已经晚了。

圆觉寺后院的茶室[2],每逢举行栗本千佳子茶会,菊治都接到一份请柬,但自从父亲死后,他从未来过一次。因为他认为,这不过是出于对亡父礼节性的表示罢了,所以不予理睬。

然而,这次的请柬上却多写了一句话:希望

---

[1] 镰仓幕府第八代将军北条时宗(1251—1284),一面扩大幕府权势;一面皈依佛教,信仰禅宗。自中国宋朝迎来高僧无学祖元,于弘安五年(1282)创办圆觉寺。作为临济宗圆觉寺派的总寺院,圆觉寺仅次于建长寺,为"镰仓五山"第二。山内塔头(tattyu,高僧墓塔)十数座,拥有宝物无数。
[2] 此指圆觉寺塔头之一、北条时宗所设的墓堂佛日庵。弘安七年(1284)四月四日,三十四岁的时宗殁后,每月四日,皆于此举办茶会以示追念,直至今日。

来看看我的一个女弟子。

看到这份请柬，菊治想起千佳子的那块痣。

菊治八九岁的时候，随父亲到千佳子家里，千佳子在餐厅敞着前胸，用小剪子剪那痣上的毛。痣布满了左边乳房的一半，一直扩展到心窝，有手掌般大小。那黑紫色的痣上似乎生了毛，千佳子在用剪刀剪掉。

"哎呀，小少爷也来啦？"

千佳子吃了一惊，她本想将衣襟合上，似乎又怕慌慌张张掩上衣服显得不够自然，于是便稍稍转过身去，慢慢将前襟塞进和服腰带。

看样子，她不是避讳父亲，而是看到菊治才感到惊讶的。女佣到门口看过，回来通报了，千佳子应该知道是菊治的父亲来了。

父亲没有进入餐厅，他坐到隔壁的房间里。客厅辟为茶道教室。

父亲一边看着壁龛里的一幅挂轴，一边心不在焉地说：

"给我一杯茶吧。"

"哎。"

千佳子答应一声，没有立即走过来。

千佳子膝头摊开的报纸上，落下了一些男人胡须般的黑毛，这个，菊治也瞧见了。

大白天,老鼠在天棚里吵闹。廊缘边上,桃花盛开。

千佳子坐在炉畔煮茶,她有些神情茫然。

其后,大约过了十天左右,菊治听见母亲仿佛披露什么惊人的秘密似的对父亲说:千佳子因为胸前长痣,所以没有结婚。母亲以为父亲不知道,她好像很同情千佳子,脸上带着怜悯的神色。

"唔,唔。"

父亲略显惊讶地应和着。

"不过,被丈夫看到又有什么关系?只要他知情,答应娶她就行了。"

"我也是这么跟她说的,可是一个女人家,胸口长块黑痣,这哪儿说得出口呀?"

"她早已不是年轻姑娘了。"

"那也不好说。要是男人,结了婚被知道了,不过笑笑罢了。"

"你瞅到她的痣啦?"

"瞎说些什么呀?"

"光是听她说的?"

"今天来教茶道时,我们聊了一阵子……她到底说出来啦。"

父亲默然不语。

"即便结了婚,男人又能怎样呢?"

"会厌恶,会心里不舒服。不过,这个秘密或许可以变成闺房乐事,坏事变好事嘛。再说,这也不算什么大不了的缺点。"

"我也劝她说,这个不会碍什么事的。可是她说,那痣长在了奶子上。"

"唔。"

"她说啦,一想到生小孩要吃奶,这事最叫人伤脑筋。丈夫还好说,不过也得为婴儿考虑考虑呀。"

"长痣的乳房不出奶水吗?"

"那倒不是……她想要是给吃奶的婴儿看到了,那多苦恼。我没有想到这一点,可她却是顾虑重重。孩子一生下来,就要吃奶;刚睁眼首先看到的也是乳房,一眼看到妈妈的乳房上一片可怕的黑痣,那么,孩子对这个世界的第一印象,还有对母亲的第一印象,就是极其丑陋的。这种深深的印象会留在孩子一生的记忆中。"

"唔。不过,这也想得过多啦。"

"要是这样,也可以喂牛奶,或者找个奶妈子什么的。"

"长个痣算什么,只要有奶就行嘛。"

"可是,这样也还是不行。我听她说了之后,也流下眼泪。我以为她的话有道理。我们菊治可不能吃了乳房上长痣的人的奶啊。"

"可不是嘛。"

菊治对佯装不知的父亲感到气愤，连菊治也看到千佳子的痣了，而父亲对他一点也不在乎，这使菊治更加憎恨父亲。

自那以后近二十年了，现在看来，也许那时父亲也感到困惑不安吧？菊治想到这里，不由苦笑起来。

菊治过了十岁的时候，经常想起当年母亲的话，时时陷入不安的情绪里，要是有了吃过长痣的奶的异母弟妹，那可怎么办呢？

不仅是害怕另有弟妹，他也害怕这样的孩子本身。他觉得，那种被大黑痣上长着毛的乳房的奶水喂大的孩子，就像恶魔一般可怕。

所幸，千佳子似乎没有生小孩，往坏里想，也许父亲不让她生孩子吧。使得母亲流下眼泪的关于痣和孩子的事，可能也是父亲为了不让她生孩子而向她灌输的借口。总之，父亲生前和死后，都不曾出现过千佳子的孩子。

菊治和父亲一起看见千佳子的黑痣之后不久，千佳子就向菊治的母亲说了这件事，看来，她是想抢在菊治告诉母亲之前，来个先下手为强吧？

千佳子一直未嫁，也许就是那痣控制了她的

一生吧？

菊治对那黑痣的印象也难于消泯，说不定什么时候那片痣也会和他的命运纠缠在一起。

千佳子以茶会为名邀他来见见那位小姐时，那片痣也在菊治眼里闪现。他蓦然想到，既然是千佳子的介绍，那位小姐想必是个纯净无瑕、冰清玉洁的人儿吧？

菊治甚至想象过，父亲或许有时也会用手捏一捏那痣，说不定还用嘴咂过那片痣呢。

眼下，他在小鸟鸣啭的山寺中走着，这种联想又一次掠过心头。

然而，菊治发现那些痣两三年后，千佳子有些男性化起来，现在完全成了一个中性人了。

今天的茶会兴许也会手脚麻利地表演一番，那一侧长着痣的乳房也许萎缩了。想到这里，菊治坦然地笑了。这时，两位小姐从后头急急赶了过来。

菊治站住，给她们让路。

"栗本女士的茶席，就在这条路的尽里头吗？"他问。

"是的。"

两位小姐同时回答。

就算不问本来也知道怎么走。从小姐的和服穿戴上也可以看出她们走这条路是去参加茶会的，菊治的问话只是为了使自己下定决心出席茶会罢了。

其中一位小姐，拿着绘有白色千羽鹤的桃红绉绸小包裹，面目姣好。

二

两位小姐进入茶室之前换白布袜时，菊治也来到了。

他从小姐背后向屋内打量着，八铺席的房间，茶客济济一堂，膝盖顶着膝盖，看来都是穿着华丽的和服的人们。

千佳子一眼看到了菊治，啊一声，站起身走过来。

"啊，请吧。真是稀客啊，欢迎，欢迎。快请，就打那儿进来吧，没关系。"

她指了指壁龛附近的格子门。

室内的女子们一起朝他看来，菊治脸红了。

"都是女客吗？"

"是的，也有男士，他们都回去啦，您就是万绿丛中一点红啊。"

"不是什么红。"

"菊治少爷有红的资格，没事。"

菊治摆摆手，示意自己绕到对过的入口去。

那位拿着千羽鹤包裹的小姐，把换下的白布袜包起来，彬彬有礼地站着，让菊治先走过去。

菊治进入相邻的房间。这里散乱地放着点心盒、运来的茶具盒，还有客人们的东西。后面的水屋[1]里，女佣正在洗茶具。

千佳子走进来，跪坐在菊治面前。

"怎么样？是个好小姐吧？"

"是那个拿着千羽鹤包裹的姑娘吗？"

"包裹？我不知道什么包裹。就是那个刚才站在那儿的漂亮小姐呀。她是稻村先生的千金。"

菊治漠然地点点头。

"什么包裹，净是留心一些奇怪的东西，倒叫人大意不得。我还以为你们是一同来的，正为您的高超手腕而震惊呢。"

"你都说些什么呀。"

"来时的路上碰到了，实在有缘分。稻村先生，您家老爷也是认识的。"

"是吗？"

"他们过去是横滨一家生丝商。今天的事我

---

1 水屋：相当于茶室的厨房或洗涮间，茶会的准备、收拾、洗涤场所。一般为三铺席，内设纳物棚架。

没有对小姐说明，您就从旁好好相相吧。"

千佳子声音不小，菊治担心隔壁茶室里的人会不会听到。正在踌躇之余，千佳子蓦地凑过脸来。

"不过，出了点儿麻烦。"

她压低了声音。

"太田夫人来了，她家小姐也跟着来了。"

她瞅着菊治的脸色。

"我今天并没有请她，可是她……这种茶会，谁都可以来参加的，刚才就有两对美国人来过了。对不起，太田夫人她知道了，也实在没法子。不过，她当然不知道菊治少爷的事情。"

"我今天也……"

菊治想说，他今天本来就不打算相什么亲，但是没有把话说出口来，似乎在喉咙卡住了。

"尴尬的倒是夫人，菊治少爷只管像平时一样沉住气好啦。"

菊治听了千佳子的话感到气愤难平。

栗本千佳子和父亲的交往似乎不太深，时间也不长。父亲死前，千佳子曾经作为身边好使唤的女人在家中出出进进。不光是茶会，就是一般客人来访，她也在厨房里帮忙。

自从千佳子变得男性化之后，母亲觉得，现在再去嫉妒她，就有点儿叫人哭笑不得了。母亲后来一定发现父亲看见过千佳子的痣了，可那时已经事过境迁，千佳子也一副不记往事的样子，转而成为母亲的后盾。

菊治也逐渐对千佳子随意起来，跟她不时使个小性儿，不知不觉，少年时代揪心的厌恶感也淡薄了。

千佳子变得男性化，成为菊治家得心应手的一个帮工，这也许就是千佳子的一种生存方式。

千佳子仰仗菊治家做了茶道师傅，获得了初步的成功。

千佳子只是和菊治父亲一个男人进行毫无指望的交往，或许由此压抑了自己作为女人的欲望吧？菊治在父亲死后一想到这些，甚至对她泛起淡淡的同情。

母亲不再对千佳子抱着敌意了，其中一方面是因为牵涉到太田夫人的事。

自从茶友太田死后，菊治的父亲负责处理他的茶具，随之认识了他的遗孀。

将这件事最早告诉菊治母亲的就是千佳子。

不用说，千佳子站到了母亲一边。千佳子似乎做得有些过火，她每每跟在菊治父亲后面盯梢，还三天两头到夫人家里发警告。她满腔醋意，如火山喷发。

母亲性格内向，她被千佳子这种风风火火、爱管闲事的行为弄得目瞪口呆，她生怕这件丑事传扬开去。

千佳子当着菊治的面时，也对母亲大讲太田夫人的不是。她看到母亲对此不感兴趣，就说讲给菊治听听也好。

"那次我去她们家时，狠狠数落了一通，谁知被她的孩子听到了，于是，隔壁传来了抽抽噎噎的啜泣声。"

"是她女儿吧？"

母亲皱起眉头。

"是的。听说十二岁啦。太田夫人真是愚钝，我以为去骂那孩子呢，谁知她特地把孩子抱过来，让她坐到膝盖上，当着我的面，母女二人抱头痛哭。"

"那孩子也怪可怜的。"

"所以嘛，我也把她当作出气筒啦。因为她母亲的事，她也全都知道。不过，那姑娘倒是长着一张桃圆脸，好可爱呢。"

千佳子边说边瞧着菊治。

"我们菊治少爷，要是也能跟老爷说说就好啦。"

"请你不要再播弄是非了。"

母亲警告她。

"夫人有苦只肯往肚子里咽,这可不行啊,干脆一股脑儿吐出来不好吗?夫人您看您瘦成这副模样,可人家倒是白白胖胖的。虽说她少个心眼,可只要招人怜爱地哭上一阵子就行啦……不说别的,单说她接待您家老爷的客厅里,还公然悬着她亡夫的照片呢。您家老爷竟然一点儿也不在乎。"

就是这么一位夫人,在菊治父亲死后,领着女儿来出席千佳子的茶会了。

菊治仿佛兜头浇了一盆冷水。

正如千佳子所说,今日尽管没有邀请太田夫人,但在父亲死后,千佳子依然和太田夫人保持来往。这一点,菊治万万没有料到。也许她还叫女儿向千佳子学习茶道呢。

"如果您不乐意,那就叫太田夫人先回去算啦。"

千佳子盯着菊治的眼睛。

"我没有关系,她们想回去,那就自便吧。"

"要是这么一个善解人意的人,过去何须惹得老爷、太太烦心呢?"

"不过,一起来的还有小姐吧?"

菊治未曾见过这位遗孀的女儿。

菊治不愿当着太田夫人的面会见那位拿着千羽鹤包裹的小姐。他更不愿意在这种场合初会太田夫人的女儿。

可是,千佳子的声音老是在他耳边响起,不断刺激他的神经。

"总之,她知道我来了,想逃也逃不掉呀。"

说着,他站了起来。

他从壁龛旁边进入茶室,顺势坐在入口处的上座。

千佳子跟着进来,郑重地给大家作介绍:

"这位是三谷少爷,三谷先生的公子。"

菊治重新向大家鞠躬致意,他一抬头,清清楚楚看见了小姐们。

菊治心里有点儿紧张,眼前和服的色彩弄得他眼花缭乱,再也分不清谁是谁了。

他定下神来仔细一看,原来太田夫人正和他面对面坐着。

"哎呀!"

夫人的叫声全体茶客都听到了,那声音十分诚恳而充满怀想。

"久违啦,好长时间没见面啦。"

夫人继续说道。

接着,她轻轻拉一下身边的女儿的衣袖,示意让她赶快行礼。那位小姐有些难为情,她红着脸鞠了一躬。

菊治实在有些意外。夫人的态度丝毫看不出有什么敌视和恶意，而是满含思念的样子。看来，她和菊治的不期而遇，倒使她异常高兴。她甚至忘记了自己在满座客人中是个什么身份。

小姐一直埋头不语。

夫人似乎有些觉察，她的双颊变红了，眼睛看着菊治，似乎想到他的身边和他说说话。

"还在做茶道吗？"

"不，我一向不做。"

"是吗？这可是祖传之道啊。"

夫人激情满怀，她的眼睛濡湿了。

菊治自打父亲葬礼之后，再未见过太田夫人。

她和四年前相比，没有多大变化。

她有着白皙而细长的脖颈，以及与此不太相称的浑圆的肩膀，体态比实际年龄更显轻盈些。眼睛稍大，鼻子和嘴巴嫌小。细细打量起来，那小巧的鼻子恰到好处，令人舒心。说起话来，看上去嘴唇有点儿向上翘。

小姐的长脖颈和圆肩膀明显是继承了母亲的特点，嘴巴比母亲的大，紧闭着。比起女儿的嘴，母亲的小嘴反而显得有些特别。

小姐的眼睛比母亲的更加乌黑闪亮，含着几分悲愁。

千佳子瞅着炉子里的炭火。

"稻村小姐,给三谷少爷献杯茶,好吗?你还没有点茶吧?"

"哎。"

手拿千羽鹤包裹的小姐走过去。

菊治知道,这位小姐坐在太田夫人的旁边。

但是,菊治自打看到太田夫人和太田小姐之后,总是避免把眼睛转向稻村小姐。

千佳子让稻村小姐点茶,大概是想给菊治看看的吧?

小姐走到茶釜前,回头望望千佳子。

"茶碗呢?"

"哦,就用那只织部[1]的好啦。"

千佳子说。

"这是三谷少爷家中的老爷最喜欢的茶碗,后来老爷送给我啦。"

小姐面前的茶碗,菊治是记得的。父亲一定用过这只茶碗,因为这是父亲从太田遗孀的手里接受下来的茶碗。

亡夫的这件心爱之物,又从菊治父亲手里转

---

[1] 此处指织部茶碗,美浓窑烧制。另有彩陶茶盘、水罐和茶碗等茶道用具。它们是安土·桃山时代(1573—1598?)继千利休之后,在著名茶人古田织部正重然指导下,贯彻"织部风格"的个性化精神而制作的。

到千佳子手里,眼下出现在茶席之上。太田夫人是以何种心境看待这一切呢?

菊治对没头脑的千佳子甚感惊讶。

要说没头脑,太田夫人不是更加没头脑吗?

面对中年女子纷乱繁杂的过去,菊治感到,正在点茶的小姐那副清净的模样儿,显得多么纯洁、美丽!

三

千佳子打算让菊治瞧瞧手拿千羽鹤包裹的这位小姐,而小姐也许还不知道她的良苦用心吧?

小姐大大方方完成了点茶,亲自把茶碗送到菊治面前。

菊治喝完茶,稍微端详着茶碗。这只黑织部[1]茶碗,正面白釉的底色上,用黑釉描画出嫩蕨菜的花纹。

"还有印象吧?"

对面的千佳子问。

---

[1] 织部陶瓷目前分为八类:志野织部、黑织部、青织部、总织部、绘织部、鸣海织部、赤织部、伊贺织部。黑织部者,整体使用铁质釉彩,烧成之后用铁钩自窑中拖出,立即放入冷水中,使其色漆黑优雅,光洁无比。

"怎么说呢。"

菊治模棱两可地应着,放下茶碗。

"这蕨菜的芽儿明显表现了山乡的气息。这是适合早春时节的茶碗,是您家老爷使用过的。现在才拿出来,虽然有点儿过了季节,但正好献给菊治少爷。"

"不,我父亲用没用过,对这只茶碗来说并不重要。毕竟,这只茶碗是利休所在的桃山时代的传世之品[1]。数百年之间为众多茶人所宝爱,一代代传承下来。我的父亲算不了什么。"

菊治说着,他想忘掉自家同这只茶碗的因缘。

这是一只有着奇特因缘的茶碗,从太田传给太田夫人,太田夫人传给菊治的父亲,父亲传给了千佳子。其间,太田和菊治父亲这两个男人死了,留下了两个女人。

如今,这只古老的茶碗,又在感受着太田遗孀和她的女儿、千佳子、稻村小姐,还有其他小姐们的芳唇吮吸和纤指抚摸了。

"我也想用这只茶碗喝一杯茶,刚才是用别

---

[1] 凡具有一定来历的传统优秀之茶具,谓之"名物"(meibutsu)。千利休前,尤其是东山时代所产者,称为"大名物"(oomeibutsu),利休时代者称为"名物",随时代以降,小堀远州选定之物称为"中兴名物"。经常有人误将"大名物"当作大名所用之物。

的茶碗呢。"

太田夫人冷不丁地说道。

菊治再次感到惊讶。是卖乖装傻，还是厚颜无耻？

太田小姐一直俯首不语，菊治对她深为同情，他再也看不下去了。

稻村小姐又为太田夫人点茶，全座的目光一起注视着她。这位小姐也许不知道这只黑织部茶碗的因缘吧，她的动作只是遵循平常的套路。

这是一次无可挑剔的点茶，动作朴实，姿态纯正，身体上下，皆富品味。

嫩绿的树叶映着小姐身后的障子门，绚丽的振袖和服[1]，肩头和衣袖仿佛也摇曳着柔和的树影。一头秀发光洁耀眼。

这间茶室，自然显得光线有些过强了，不过，这反而映衬出小姐青春的亮丽。姑娘所持有的绯红色茶巾[2]，使人感到鲜艳而不粗俗，小姐的素手里仿佛绽开一朵红花。

小姐的周围，似乎飞舞着千百只小小的白鹤。

太田遗孀将织部茶碗捧上手，说道：

---

[1] 振袖和服：未婚女性长袖和式礼服。
[2] 茶巾：原文为"袱纱"，用于揩拭茶具使之清洁，或者观赏茶具时垫在茶具下边。长宽约三十厘米，质地多样，颜色有红、紫和松叶色等多种。

"这黑釉里的青青茶汤,宛如萌发的一团春绿啊。"

可是,她绝口不提这是亡夫的遗物。

接着,大家例行公事般地观赏茶具。小姐们对茶具不怎么了解,大体只是听千佳子的讲解。

水罐、茶勺,都是从前菊治父亲的物件,可是千佳子和菊治都没有明说。

小姐们回去了,菊治一坐下,太田夫人就挨了过来。

"刚才实在失礼了,您生气了吧?我一看到您,立即涌起一股怀念之情。"

"唔。"

"您出落得好帅气呀。"

夫人眼里浮现着泪光。

"对了,对了,太太的葬礼……我本想参加来着,可是没有去。"

菊治神情黯然。

"老爷和太太相继去世……想必很孤单吧?"

"唔。"

"还不回家吗?"

"嗯,稍等一会儿。"

"很想找个时间,同您说说话。"

千佳子在隔壁叫喊:

"菊治少爷!"

太田夫人依恋地站起身子,小姐在院子里等着。

母女一起对着菊治低头告别,小姐的眼神中暗含一种求助的意味。

相邻的房间里,千佳子带着身边两三个弟子和女佣一道收拾茶具。

"太田夫人都说了些什么呀?"

"没有……什么也没说。"

"您要提防着点儿,看她似乎又和顺,又恭谨,可总是装出一脸无辜的表情。谁知道她在想些什么。"

"她还不是经常出席你的茶会吗?不知道从什么时候起。"

菊治的口气里带着几分讽刺。

他要逃离这里恶浊的空气,于是来到外面。

千佳子跟了过来。

"怎么样?是个好姑娘吧?"

"是个好姑娘。不过,要是没有你和太田夫人,还有我父亲的亡灵,在身边徘徊扰乱,那就更好啦。"

"您怎么这般斤斤计较呀?太田夫人和那位小姐毫无关系嘛。"

"我只是觉得对不住那位小姐。"

"有什么对不住她的。您不愿意看到太田夫人,这个我该向您道歉。可是今天我并没有请她呀。稻村小姐的事,您要另当别论。"

"那好,今天就告辞啦。"

菊治说罢又站着不动,他怕边走边说,千佳子更不会马上离开。

只剩下菊治一个人了。这时,他才发现眼前的山麓满布着杜鹃花的蓓蕾。他深深呼吸着空气。

他对自己应千佳子之邀来这里感到憎恶,可是对那位手拿千羽鹤包裹的姑娘,却留下了鲜明的印象。

席上同时看到父亲的两个女人,之所以没有觉得心中郁闷,就是因为有那位姑娘在场啊!

然而,这两个女人如今还活着,并且谈论着父亲,而母亲已经死了。菊治每每想起这一点,就感到怒火中烧,千佳子胸前丑陋的黑痣也随之浮现在他眼前。

晚风吹拂着翠绿的新叶,菊治摘掉帽子,慢悠悠地走着。

他远远看见太田夫人站在山门边的绿荫里。

菊治猝不及防,想躲开她,他巡视着四周,看样子,只要登上左右两旁的小山,就可以不经过山门。

可是,菊治还是往山门走去,他似乎稍微紧绷着双颊。

那位遗孀一眼看到菊治,反倒迎过来了。她双腮染着桃红。

"我等着想再见您一面呢。您或许认为我是个厚脸皮的女人吧?可是,就那么走了,我有些不舍得……再说,一旦分别,还不知什么时候能再见到呢。"

"小姐她呢?"

"文子呀,她先回去啦,是和朋友一起走的。"

"那么,小姐知道您是在等我吗?"

菊治问。

"嗯。"

夫人答道,她瞧着菊治的脸。

"这么说,小姐不会感到憎恶吗?刚才在茶席上,她也好像不愿意和我见面。小姐好可怜呀。"

菊治说得很露骨,但听起来又很婉转。夫人直截了当地回答:

"那孩子见到您,一定很痛苦吧?"

"是我父亲让小姐吃尽了苦头啊。"

菊治本来的意思是,正像太田夫人的事,也让自己吃尽苦头一样。

"不是因为这个，实际上，文子很受老爷的疼爱呢。关于这些，我会找个时间慢慢对您说。那孩子一开始的时候，对于老爷的一番好心，似乎并不怎么领情。可是战争结束那阵子，在那场可怕的大空袭里，她似乎有所触动，态度完全变啦，对老爷也就尽心尽力起来。说是尽心，一个女孩儿家，也就是为了弄只鸡、做点儿小菜什么的给老爷送去，出去买买东西罢了。不过都是冒着生死的危险，全心全意干着的。她不顾飞机丢炸弹，从很远的地方扛来了大米……由于转变得太快，连老爷也感到迷惑不解。我眼瞅着女儿变成了另一个人，总是心疼得要命，同时也深感内疚。"

菊治这才想起母亲和自己都受过太田小姐的恩惠。那时候，父亲有时带一些意想不到的礼品回家，这才知道，原来都是太田小姐买的。

"真不知女儿为何会变得这么快啊。可能是想着自己不知哪一天就会死掉，一定是可怜着我吧？所以也就拼着性命对老爷尽心尽力啦。"

小姐一定清楚地看到，在那场失败的战争里，自己的母亲拼死依附菊治父亲的爱的情景吧？由于现实中的每一天都是那样酷烈，她一定丢开自己死去的父亲，只看着现实中的母亲吧？

"刚才注意到文子的戒指了吗?"

"没有。"

"那是老爷送给她的。老爷即便来我这里,一响起警报,就马上要回去。于是文子就非要送他回家不可。她怕老爷一个人半道上出岔子。有一次,她送老爷没有回来,我想大概是在府上住下了,那样也好嘛。可转念又想,两个人该不会死在路上了吧?第二天早晨,回来后一问,才知道她送到府上的大门口,回来时在防空壕里熬了一夜。下回老爷又来的时候,他说:'文子呀,多亏了你啦。'就把这枚戒指送给她了。那孩子不愿给您见到这枚戒指,她怕难为情啊。"

菊治听罢,心里一阵厌恶。奇怪的是,太田夫人还以为菊治当然会寄予一番同情呢。

然而,他对夫人并不感到十分厌恶,也不对她抱着特别的警惕。夫人自有一种使他身心放松的温馨之情。

小姐的百般用心,抑或在于她不忍心看到母亲凄凉的晚景吧?

夫人讲述着小姐的故事,在菊治听来,实际上是在诉说自己的爱情。

看来夫人有着满心的话想一吐为快。然而,这个听她倾诉衷肠的人应该是谁呢?是菊治,还是菊治的父亲？说得极端些，她似乎还没有找准这个对象。她把菊治当作他的父亲而追怀不已。

从前菊治和母亲对太田遗孀的敌意，尽管依旧尚未消除，但现在已经松弛了大半，稍不留神就觉得自己仿佛就是被这个女人所爱的父亲。一种错觉引诱着他，自己好像和这个女人早有着一段情缘。

父亲很快和千佳子分手，和这个女人一直相爱至死，也不是不能理解。菊池心想，千佳子一定会欺负太田夫人，而菊治自己也被一种残忍之心所驱使，感到一种诱惑，似乎可以轻而易举地耍弄她一把。

"您经常出席栗本的茶会吗？她过去可是老欺负您的呀。"

菊治说。

"自从您家老爷去世之后，她给我写过信。我想念老爷，自己也很孤单。"

夫人低着头说。

"是和小姐一起吗？"

"文子也是很不情愿和我一道来。"

他们跨越铁路，穿过北镰仓车站，朝圆觉寺对面的山上走去。

四

太田遗孀少说也有四十五岁左右了,比菊治要大将近二十岁。然而,她却使得菊治忘记了她的年龄,菊治仿佛怀抱着一个比他还要年轻的女人。

菊治切实和夫人共同感受到了她的多次经历带来的欢悦,他临场毫不畏缩,也没有觉得自己是个缺乏经验的单身汉。

菊治似乎初次认识了女人,同时也认识了男人。他对自己这种男性意识的觉醒深感惊讶。女人原来是个如此顺从的承受者,一个招之而来、诱之而去的被动者,一个令人销魂的温柔之乡啊!对于这些,菊治以前并不清楚。

菊治,作为一个独身者,事情过后,他每每有着一种罪恶感。现在,这种罪恶感本该最为强烈,然而,他从中尝到的只是甘甜和安谧。

每逢这个时候,菊治都想无情地走开,可他陶醉于温热的依偎而不肯猝然离去,宛若锋芒初试,恋恋难舍。他不知女人的温柔波涛会绵延至此。菊治在那波涛中获得暂时的休憩,他意得志满,犹如一位征服者,一边昏昏欲睡,一边令奴隶为自己濯足。

他还感受到了一种母爱。菊治向下缩缩脖颈,说道:

"栗本这地方有一大片黑痣,您知道吗?"

他说罢,又立即感到不小心走了嘴。不过,因为此时脑中一片茫然,他并不觉得这话对千佳子有什么不好。

"布满了乳房呢,就在这块儿,这样……"

菊治说着,伸过手去。

菊治的头脑泛起一种思绪,使他随口说出这件事来。这是有意背逆自我、伤害对方的一种奇矫的心理在作祟。他也许很想看看那块地方,借此掩饰一下羞赧而畏葸的心绪。

"不行,太可怕啦。"

夫人悄悄合上衣襟。她似乎没能马上理解菊治的意思,于是,意态安详地问道:

"这事我也是初次听说,不过,遮在和服里看不见吧。"

"也不是完全看不见。"

"哦,究竟怎么回事呀?"

"长在这里,还是可以看到的。"

"瞧您,真讨厌,是想着我也长了痣,摸来摸去地在找吗?"

"哪里哪里,果真有,这会儿还不知是什么样的心情呢。"

"是在这儿吗?"

夫人也看着自己的前胸。

"干吗跟我说这些?这种事又算得了什么呀?"

夫人没有上钩。菊治的一番鼓动,对于夫人向来不起什么作用。于是,菊治只好自讨苦吃。

"总是不好啊。我在八九岁的时候,曾经见过那黑痣,如今还时时在眼前闪现。"

"为什么呢?"

"就说您吧,不也为那片黑痣所害吗?栗本不是扮作我和母亲的代言人,跑到您家里大吵大闹的吗?"

夫人应和着,悄悄缩了缩身子。菊治用力抱住她:

"我想就是那会儿,她也不断想到自己胸前的黑痣,所以更加心狠手辣吧?"

"哎呀,您说得挺吓人的。"

"她或许也是要向父亲报仇来着。"

"报什么仇呀?"

"有了那片痣,她始终抬不起头来。她一直认为自己被抛弃,也是长了痣的缘故。"

"不要再谈痣的事了,怪叫人恶心的。"

夫人看来不愿再想象那痣究竟是什么样子。

"栗本女士现在看来也不再避讳那片痣了。她活得很好,苦恼也已成为过去。"

"苦恼一旦过去,就再也不留痕迹了吗?"

"有时过去了,回头想想,还蛮怀念的呢。"

夫人说着,她似乎依然恍惚留在梦境之中。

菊治本来不愿说的一句话,这时也吐露出来了。

"刚才在茶席上,您身边不是坐着一位小姐吗?"

"嗯,雪子姑娘,稻村先生的女儿。"

"栗本喊我来,就是为了叫我看看那位小姐。"

"唔。"

夫人睁大了眼睛,频频盯着菊治。

"是来相亲的吗?我一点儿也没看出来。"

"不是相亲。"

"可不是嘛,是相亲后回家的啊?"

夫人的眼睛在枕畔流下一道泪水,她的肩膀抽动着。

"真对不起,真对不起,干吗不早点儿跟我说呀?"

夫人伏面而泣。

菊治实在有些意外。

"到底是不是相亲后回家,不好就是不好,两者没有关系。"

菊治这样说,也完全是这么想的。

这时,稻村小姐点茶的倩影又在菊治的头脑里浮现,那个绘有千羽鹤的桃红的包裹也渐渐明晰起来。

于是,夫人啜泣着的身子使他感到一种丑恶。

"啊,真是难为情呀,我罪孽深重,实在是个坏女人啊!"

夫人不住抽搐着浑圆的肩膀。

对菊治来说,要是后悔的话,也一定会感到丑恶。尽管相亲是另外一回事,但眼皮底下,毕竟是父亲的女人。

然而,菊治直到此时,既不觉得后悔,也不觉得丑恶。

菊治并不十分清楚,他自己为何同夫人堕入了这种境况。一切都是那么自然。夫人刚才的意思,也许是后悔自己不该诱惑了菊治吧?但是,夫人看来并没有打算诱惑菊治,而菊治也全然没有受到诱惑的感觉。况且,菊治从内心里没有任何抵触情绪,夫人也是坦然以对。可以说,这里没有任何道德上的暗影。

他们进入圆觉寺对面山丘上的旅馆,两人一

起吃了晚饭。因为菊治的父亲,所以有个谈不完的话题。菊治并非一定要听,但他还是老老实实地听了,这显得很是滑稽。夫人也是毫不经意,心怀眷念地诉说着。菊治一边听她述说,一边感受着她那一番恬静的好意。他感到自己被包裹于温柔的情爱之中。

菊治仿佛觉得父亲也曾经很幸福。

她说自己不好就算是不好吧。他早已失去摆脱夫人的时机,只好委身于甘美的欢爱之中了。

抑或菊治的心底里潜隐着一团阴影,逼使他像排毒似的,顺口将千佳子和稻村小姐的事也一并抖搂出来了。

他的话太有效用了。假若后悔,就是因丑恶而后悔,菊治甚至还想要对夫人说些残酷的话语,他想起这些作为,心里蓦然涌出一种自我厌恶的情绪。

"干脆忘掉吧,一切都无所谓啦。"

夫人说。

"这些个事,又算得了什么!"

"您只是在回忆我父亲吧?"

"嗯。"

夫人怪讶地抬起头来。由于枕着枕头哭泣,菊治看到她眼泡有些红肿,眼白稍显浑浊,睁开的眸子还残留着女性的特有的倦怠。

"您要怎么说就怎么说吧,我是个可悲的女人吧。"

"胡说。"

菊治一把扯开她的前胸:

"要是有痣,我不会忘记的,印象很深……"

菊治对自己的话深感惊愕。

"不行,这么盯着看,可我已经不年轻啦。"

菊治露出牙齿凑了上去。

夫人刚才情感的波涛又上来了。

菊治安然入睡了。

朦胧之中,他听到了小鸟的鸣啭。菊治从嘤嘤鸟鸣里睁开眼睛,这对于他,仿佛是第一次体验。

犹如朝露濡湿了碧绿的树林,菊治的头脑像被清水洗涤了一番,没有任何思虑。

夫人背对菊治而眠,不知何时又转过身来,菊治略带奇异的眼神,支起一只胳膊,望着薄明中的夫人的睡相。

五

茶会过去半个月,菊治接受了太田小姐的拜访。

她被引到客厅里，菊治为了平静一下激动的心情，亲自打开茶柜，用盘子装了些洋果子。他一时猜不出小姐是单独而来，还是夫人因为不好进这个家而在门口等着。

菊治打开客厅的门，小姐从椅子边站起来，低着头。菊治一眼看到她那双唇紧闭的兜嘴儿。

"让你久等了。"

菊治绕过小姐的背后，打开面向庭院的玻璃窗。

他走过小姐身后的时候，闻到了花瓶里白牡丹的幽香。小姐浑圆的肩膀微微前倾着。

"请坐吧。"

菊治说罢，先在椅子上坐下来，不知为何，他感到心里很平静，因为他从小姐脸上，看到了她母亲的面影。

"突然前来打扰，实在有些失礼。"

小姐低俯着头说。

"不必客气，找到这儿不容易吧？"

"嗯。"

菊治想起来了，空袭时就是这位小姐把父亲送回家门口的。这是他在圆觉寺里听夫人说的。

菊治想把这事告诉她，但没有说出口。他看了一下小姐。

于是，当时太田夫人温暖的情意，犹如一股泉水涌向心头。他想到，所有的一切，夫人都优容地原谅了他，使他安下了心。

也许正是这份安然，使他对于小姐也放松了警戒，不过，他还是没有正面迎望着她。

"我来……"

小姐欲言又止，她抬起头。

"关于母亲的事，我想来拜托您。"

菊池屏住呼吸。

"请您原谅我母亲。"

"什么？原谅？"

菊治不由反问道。看来，夫人把自己的事情也都跟小姐说了。

"要说原谅，该请原谅的是我。"

"关于府上老爷的事，也请原谅。"

"父亲的事也一样，要说原谅，该请原谅的是我父亲。我母亲也已经不在，就算要原谅，谁来原谅呢？"

"老爷很早过世，想来也是我母亲的过错。再说，还有太太也……这事我也对母亲说过。"

"你过虑了。夫人也很可怜。"

"要是先死的是我母亲就好了。"

看样子，小姐感到羞愧难当。

菊治意识到小姐在说的是夫人和自己的事。那些事情，对她是多么大的伤害啊！

"您能原谅母亲吗？"

小姐再次极力央求道。

"提什么原谅不原谅，我要感谢夫人才是。"

菊治明确地表示。

"都怪我母亲，是母亲不好，请您别理她了，再也不必记挂她啦。"

小姐说得很快，声音不住颤抖。

"拜托啦。"

小姐请求原谅的话语，菊治听得很明白，意思是：您不要再管她的事情了。

"电话也不要再打了……"

小姐说着，脸也发红了。为了遮掩自己的羞涩，她有意抬头看看菊治。她珠泪盈睫，乌黑的眼波里没有丝毫恶意，仿佛在固执地哀求。

"我知道啦，对不起。"

菊治说。

"拜托您啦。"

小姐满面羞涩，连那长长细嫩的雪白的脖颈也发红了。也许为了映衬那美丽的细长的颈项，她的西服领子装饰着一道白边。

"您打电话约她，母亲没有来，是我阻止了她。

母亲拼命要来,我就抱住她不松手。"

小姐有些放心了,语调也和缓下来。

菊治打电话约请太田遗孀,是在那事之后第三天。夫人的声音显得很高兴,可是她没有到咖啡馆相会。

那次打电话之后,菊治一直没有见到夫人。

"事后想想,母亲太可怜啦,可是当时就是觉得太难为情,我拼死拼活把她拦下了。母亲就对我说,那么,文子,你就替我回绝吧。我来到电话机旁,一句话也说不出来。母亲呆呆望着电话机,簌簌流下眼泪,仿佛三谷少爷就站在电话机旁边。母亲就是那样一个人。"

两人沉默了好一阵子,菊治说:

"上次茶会之后,夫人在等我,你为何先走了呢?"

"因为我想让三谷少爷知道,母亲不是那种很坏的人。"

"她一点儿也不坏。"

小姐低下眉来,可以看到娇小的鼻子下边是那只兜嘴儿。一张温和的桃圆脸很像她的母亲。

"我很早就听说夫人有个女儿,我曾幻想对你谈谈我父亲的事情呢。"

小姐点点头。

"我也这样想过。"

菊治心里想,要是同太田遗孀没有任何关系,能和这位小姐无拘无束地谈论父亲,那该有多好。

可是,他之所以从心底里原谅夫人,甚至原谅父亲和夫人的事,正因为他和这位夫人之间,并非没有一点儿瓜葛。这奇怪吗?

小姐意识到已经待得很久了,她慌忙站起身来。

菊治送她出去。

"要是有时间和你谈谈我父亲的事,以及夫人美好的人品就好啦。"

菊治虽然是随便说说,可他心里也是这么想的。

"好的。不过,不久就要结婚了吧?"

"我吗?"

"嗯。听母亲说的,您已经同稻村雪子小姐相过亲了?"

"没那么回事。"

出了门就是一段下坡道,中间微微有些起伏。站在那里回首遥望,只能看见菊治家院子里的树梢。

菊治听了小姐的话,蓦然想起了千羽鹤小姐的姿影。文子站在路上,向他告别。

菊治转过身来,同小姐的方向相反,登上了高坡。

森林的夕阳

一

千佳子向公司里的菊治打电话。

"今天直接回家来吧?"

是要回家的,可是菊治依然感到不悦。

"是的。"

"今天就快点儿回来吧。为了老爷。像往常一样,每年的今天都是老爷的茶会。一想起这个,我心里就不能平静。"

菊治沉默不语。

"我扫茶室呢,喂喂,我在打扫的时候,忽然想做上几道菜。"

"你在哪里啊?"

"在您府上,我就在这儿。对不起,预先没给您打招呼。"

菊治很是惊奇。

"一想起这一天,我就坐立不安,我想扫扫茶室,心情或许会好些。本来想先打个电话的,不过,您肯定要拒绝。"

父亲死后,茶室就闲置下来了。

母亲活着的时候,好像时常一个人进去坐坐。可是,她也不在茶釜里生火,只是提着一铁壶开水进去。菊治不愿意母亲进入茶室。母亲会悄悄在里面想些什么呢?他很好奇。

菊治很想知道母亲一人在茶室里做什么,但他从未偷看过。

可是,父亲生前,茶室的事一任千佳子管理,母亲很少进入茶室。

母亲死后,茶室一直关着。从父亲时候起就在家里做佣工的老保姆,一年打开几次,通风换气。

"从什么时候就没有打扫了呢?榻榻米擦过几遍了,还有霉味儿,真是没办法呀。"

千佳子说话越来越不知天高地厚了。

"扫着扫着,就忽然想做菜。想得突然,材料不齐全,不过也准备了点儿。您就直接回家来吧。"

"好啦,真没办法。"

"菊治少爷您一个人,也挺寂寞的,伙上三四个公司的同事一起来,怎么样?"

"不行,没有人懂茶道。"

"不懂更好嘛,也只是粗粗准备了一下,就请放心地来吧。"

"那怎么行啊。"

菊治猛然吐出这么一句话。

"是吗?真叫人失望。怎么办呢?请谁呢?老爷的茶友呢……也没法叫,对啦,叫稻村小姐来吧。"

"开什么玩笑?算了吧。"

"为什么呀?不是很好吗?那件事,对方很积极,再见上小姐一面,仔细瞧瞧,好好谈谈,不行吗?今天请她,小姐要是来了,就说明她愿意啦。"

"不行,我不同意。"

菊治满心烦闷地说:

"算啦,别这样,我不回家了。"

"这事,我在电话里不好说,回头再说吧。总之,事情就是这样,您快点儿回来吧。"

"事情就是这样,就是哪样呀?我可不知道。"

"好啦,权当是我管闲事,行了吧?"

千佳子虽然这么说,可那种咄咄逼人的气势还是听得出来。

他想起千佳子胸口那一大片痣来。

于是，他觉得千佳子扫茶室的扫帚声，听起来就像打自己的头脑里扫过，她那擦洗廊缘的抹布就像揩磨着自己的脑子。

因为首先有了这种厌恶感，千佳子趁他不在闯进家门，随便去做菜，这不是很奇怪的事吗？

要是为供奉父亲，扫扫茶室，插上鲜花回去，也还可以原谅。

但是，菊治淤积心头的厌恶感里，稻村小姐的倩影，犹如电光一闪。

父亲死后，自己自然和千佳子疏远了，但是，她莫非要借稻村小姐为诱饵，和自己重新结缘，紧盯不舍吗？

千佳子的电话，照例传达了她乐天的性格，让你只好苦笑而不由疏忽大意起来，但同时还带着一股强加于人、不可一世的语气。

菊治认为，自己觉得她是那样咄咄逼人，原因在于自己太懦弱了。因为过于胆怯，不管千佳子在电话里说些什么，他都不能发怒。

千佳子抓住了他的弱点，所以得寸进尺吧？

菊治下班后来到银座，进入一家狭小的酒吧。

菊治不得不按千佳子所说的那样回家去，然而他为自己的怯懦所苦，心情十分沉重。

圆觉寺茶会回来之后，菊治意外地和太田夫

人在北镰仓旅馆住了一夜。这事虽然千佳子不会知道,但自那之后,她有没有和这位遗孀见过面呢?

他怀疑,电话里的强硬语调,不仅是因为千佳子本来就有的那副厚脸皮。

也有可能,千佳子只是按着自己的方式,处理他和稻村小姐的事情。

菊治无心在酒吧里继续待下去,他只得乘上电车回家了。

国营电车经过有乐町开往东京站的时候,菊治透过车窗俯视着高大的街树下的道路。

这条道路和国营电车线路几乎构成直角,东西走向,正好映照着夕阳,宛若一块金属板,发出刺眼的光亮。然而,那承受着落日的街道树是阴影这边朝向电车,看上去一派浓绿,树荫里似乎很清凉。枝干纵横,宽阔的叶子葱茏茂密。道路两边是排列整齐的西式楼房。

奇怪的是,街道上没有一个人影。直到皇居护城河一带地方,都显得静悄悄的。闪光的车道也是一片宁静。

从拥挤的车厢里向下看,似乎只有这条街道,浮现在黄昏奇妙的时间带里,具有一种外国的情味儿。

菊治想象着,那位手拿桃红绉绸白色千羽鹤小包裹的稻村小姐,正走在这条林荫路上,包裹上的千羽鹤清晰可见。

菊治的心情一下子好起来。

这时候,那位小姐或许已经到家了,菊治胸中泛起一阵激动。

尽管如此,千佳子在电话里叫菊治邀请同事一起来,听到菊治不大积极,接着又说邀请稻村小姐,她究竟打的什么算盘?是否一开始就想叫小姐来呢?菊治还是摸不着头脑。

一回到家,千佳子就急忙跑到门口:

"就一个人?"

菊治点点头。

"一个人好啊,她来啦。"

千佳子说罢,伸手来接菊治的帽子和提包。

"又路过哪家店里了,是不是?"

菊治想,也许脸上还残留着酒气。

"到哪儿去了?后来我又向公司挂电话,说已经走了。我算计着您路上的时间呢。"

"真是奇怪。"

千佳子随意闯进家来,想干什么就干什么,预先连个招呼也不打。

她跟着他来到里屋,打算把女佣拿来的衣服

给他换上。

"不用啦,这不好,我自己来。"

菊治脱下上装,回绝着千佳子,一个人进入更衣室。

他换好衣服从更衣室走出来。

千佳子独自坐在那里,说:

"独来独往的,好佩服。"

"啊。"

"这种不自由的日子,总该结束啦。"

"看到老子受那份罪,不能再学他呀。"

千佳子睐了菊治一眼。

千佳子跟女佣借了下厨的衣服穿在身上,这本来是菊治母亲用的,她把袖子卷起来。

腕子以上白得很不协调,肌肤丰腴,胳膊肘内绷着一条青筋。菊治意外地发现,她的膀子长着肥厚的筋肉。

"我想还是茶室好些吧,她现在正坐在客厅里呢。"

千佳子有点儿故作庄重地说。

"茶室里的电灯能亮吗?可从未见过茶室开灯。"

"要么用蜡烛,不是更有情趣吗?"

"那样不好。"

千佳子想起什么似的说道：

"对啦，对啦，刚才给稻村小姐打电话时，她问妈妈也一起去吗，我说，要是一道能来更好。可是她母亲说不方便，所以就决定小姐一个人来了。"

"决定？是你随便决定的吧？冒冒失失请人到家里，不怕人家说你太失礼了吗？"

"这我知道，不过小姐已经在这儿了，她能来，我们即便有些冒失，不也就自然消除了吗？"

"此话怎讲？"

"这不是明摆着的吗？哎，她今天既然肯来，就说明小姐对这门亲事主动愿意了呗。这条路倒是有点儿绕弯子，不碍的，事成后，你们两个就笑我栗本是个怪女人好啦。该成功的事，怎么办都能成功。这是我的经验。"

千佳子一副了如指掌的样子，她似乎看透了菊治的内心。

"你已经跟对方说好啦？"

"哎，说好啦。"

千佳子仿佛要菊治态度明朗些。

菊治起身，经走廊向客厅走去。他来到大石榴树下，想极力改变一下神情。因为他不愿意让稻村小姐看出自己有什么不悦。

他一看到翁郁的石榴树荫,脑里就浮现出千佳子的那片痣。菊治摇摇头。客厅前面的脚踏石映现着落日的余晖。

格子门敞开着,小姐坐在门边一角。

小姐光彩照人,使得宽阔而幽暗的客厅角落也明亮起来。

壁龛的水盘里养着花菖蒲。

小姐系着绘有旱菖蒲的腰带,实出偶然,不过这也是出于季节的考虑,也许不算太偶然。

壁龛里的不是旱菖蒲,而是花菖蒲,叶子和花长得很高。看花的状态,可以知道是千佳子刚刚才插上去的。

二

第二天星期日,下雨。

午后,菊治独自进入茶室,收拾昨天用过的茶具。

他还想重温稻村小姐的余馨。

他叫女佣拿伞来,正要从客厅走下庭院里的垫脚石,发现屋檐下面排水的竹筒裂了,石榴树根前面,雨水哗哗流淌下来。

"那里要修一修啦。"

菊治对女佣说。

"是的。"

雨夜,钻进被窝,菊治想起,那流水声很早以前也曾经听到过。

"不过,修来修去,没个完呀。趁着还不太破旧,卖掉算啦。"

"现在宅第大的人家都这么说呢。昨天,小姐看了大吃一惊,说好大呀。看样子,小姐会住到这里来的吧。"

女佣似乎叫他不要卖。

"栗本师傅,她也说了这样的话吗?"

"嗯。小姐一来,师傅就领她到处看了一遍。"

"什么? 真有她的。"

昨天,小姐没有告诉菊治这件事。

菊治以为小姐只是从客厅到茶室,所以今天他也想学着从客厅到茶室走一趟。

菊治昨晚彻夜未眠。

茶室里仿佛依然氤氲着小姐的体香,他半夜里还想爬起来再到茶室去看看。

"永远都是彼岸伊人。"

他如此想象着稻村小姐,这才又躺下了。

这位小姐居然在千佳子的带领下,在家里走

了一圈,这使菊治甚感意外。

菊治吩咐女佣把炭火送到茶室里,他便踩着脚踏石走过去。

昨夜,千佳子回北镰仓,她是和稻村小姐一块儿离去的,随后女佣收拾了茶具。

菊治只要把摆在茶室角落的茶具重新收好就行了,可他不知道原来是放在哪里的。

"栗本她可能很清楚。"

菊治嘀咕了一句,望着壁龛里的歌仙画[1]。

法桥宗达[2]的一幅小品,薄墨的线条施以淡彩。

"这画里是谁呀?"昨晚,稻村小姐问他,菊治没有回答上来。

"哦,这是谁呢?没有附上和歌,我不知道是谁。这种画里的歌仙,大致都是一个模样。"

"是宗于[3]吧?"

千佳子插嘴说。

---

1 歌仙画:原文作"歌仙绘",第六十六代一条天皇治世时,藤原公任所选,以柿本人麻吕为主的三十六位杰出歌人的肖像画,并通常各附代表和歌一首。
2 法桥宗达:即俵屋宗达(?—1640?),江户初期画家,长于装饰画和水墨画。法桥为僧侣的级别,次于法印、法眼。宗达作为平民画家,被授予法桥之位,实属罕见。
3 宗于:即源宗于(?—939),第五十八代光孝天皇的皇子,忠亲王之子,三十六歌仙之一。歌风于平明中时带艳丽、余情和寂寥之感。

"他写的和歌是:松林郁郁绿无限,更为春天增颜色。现在季节稍晚了点儿,不过老爷很喜欢,一到春天就经常挂出来。"

"究竟是宗于还是贯之[1],光凭画是难于区别的。"

菊治坚持说。

今天再看看,一张脸意态安然,实在辨别不出究竟是谁。

然而,这幅笔墨简洁的小型画,却给人以气象宏阔的感觉。望着望着,仿佛散发出微微的清香。

由这幅歌仙画,由昨晚客厅里的花菖蒲,菊治又想起稻村小姐来。

"我烧水了,想多烧一会儿,等滚开了才好,所以晚啦。"

女佣拿来炭火和铁壶。

茶室里有些潮湿,菊治只是叫拿火来就行了。他不想煮茶。

但是,菊治一提到火,女佣就暗自会意,所以开水一并也烧好了。

菊治胡乱添了木炭,架上茶釜。

菊治从小经常跟着父亲出席茶会,已经习惯

---

[1] 贯之:即纪贯之,仅次于柿本人麻吕的三十六歌仙之一。

了,可是自己从来没有主动点茶的兴趣。父亲也不劝他学习茶道。

如今水烧开了,菊治把锅盖子错开一些,茫然地坐在那儿。

稍微闻到了霉味儿,榻榻米似乎也潮湿了。

色调朴素的墙壁,昨天把稻村小姐反衬得尤其突出,今天又黯淡了。

菊治感到稻村小姐的到来,就像住在洋房里的人穿着和服赴约一样,所以他昨天对稻村小姐说:

"栗本突然邀你来,实在难为你啦,选在茶室接待你,也是栗本的主意。"

"师傅对我说,今天是府上老爷举行茶会的日子呢。"

"听说是的,对我来说,这种事全都忘记了,根本不考虑。"

"在这样的日子,偏要找我这样没什么常识的人来,师傅不是寒碜人吗?最近也没有很好学习。"

"栗本也是一大早才想起来,赶紧打扫茶室来着。所以才会有霉味儿。"菊治支支吾吾地说,"不过,同样能相识,要是不通过栗本的介绍就好了。我认为,很对不起稻村小姐。"

小姐惊诧地望着菊治。

"为什么这么说呢？没有师傅的介绍，当然没有人引我们见面了。"

这是她简单的抗议，不过，事情也确乎如此。

那倒也是，没有千佳子，在这个人世上，他们两个也许不会相逢。

菊治面对直射过来的闪光，仿佛承受着鞭子的抽打。

接着，小姐的话听起来似乎答应了她和菊治的这门亲事。菊治是这么想的。

正因为此，小姐诧异的眼神，在菊治看来，却是一道亮光。

但是，菊治在小姐面前直接称千佳子为栗本，小姐会有何感觉呢？虽然时间很短，但她毕竟曾是菊治父亲的女人啊，小姐果真知道这些吗？

"栗本给我留下过不好的印象。"

菊治的声音在打战。

"我不愿意让这个女人触犯我的命运。我很难相信，稻村小姐是她介绍来的。"

千佳子也端来了自己的饭盘，谈话就此打住。

"我也来陪陪你们吧。"

千佳子坐下了，她微微弓着腰，似乎要平静一下干活时的急促气息。她瞅瞅小姐的脸色。

"只有一位娇客,显得太冷清啦。不过,老爷地下有知,也一定会很高兴的。"

小姐恭谨地敛着眉说:

"我没有资格进入老爷的茶室呀。"

千佳子没有在意,她只顾沉浸于回忆里,滔滔讲述着菊治父亲生前是如何使用这间茶室的。

千佳子满以为这门婚事谈成功了。

临别时,千佳子走到大门口说:

"菊治少爷也到小姐家回访一次吧……下回就该商量日子了。"

小姐点点头,她似乎还想说什么,但终于没有开口。蓦然间,她的整个身姿显现出本能的羞涩。

菊治出乎意料,他仿佛感应到小姐的体温。

然而,在菊治看来,自己好像被包裹在丑恶的黑幕之中了。

直到今天,这面黑幕仍未去除。

不仅介绍稻村小姐的千佳子不干净,菊治自身也不干净。

菊治一味想着父亲用脏污的牙齿吮吸过千佳子胸前的黑痣,父亲的影像也和自己连在一起了。

小姐对于千佳子并不在意,而菊治却很在意。不是吗,菊治的卑怯和优柔,虽然不全都因为这一点，但那也是重要原因之一啊。

菊治看起来是那样厌恶千佳子，仿佛稻村小姐和他的婚事也是千佳子强迫的结果。再说，千佳子似乎也是一个便于如此利用的女人。

菊治以为自己的这番用心可能已被小姐看穿，所以好像当头挨了一棒。菊治这时候也好像看清了自己，不禁感到愕然。

吃罢饭，千佳子去沏茶，菊治又问道：

"假如说，我们的命运注定操纵在栗本手里，那么对于命运的看法，稻村小姐和我就很不相同。"

他的话总带有一些辩解的味道。

父亲死后，菊治不愿意母亲一个人进入茶室。

现在想想，父亲、母亲和自己各个进入这间茶室时，各人都有各人的想法。

雨点儿打在树叶上。

其中，雨水落在雨伞上的声音逐渐临近了。

"太田女士来啦。"

女佣在门口说。

"太田女士？是小姐吗？"

"是夫人，看样子很憔悴，像是生病了……"

菊治猝然站起身来，伫立不动。

"请到哪儿坐呢？"

"就在这里。"

"好的。"

太田夫人淋着雨进来了,看样子,她把伞放在大门口了。

菊治以为雨水沾湿了她的脸庞,没想到竟是眼泪。

因为不断从眼睛流到面颊上,所以才知道是泪水。

一眼看去以为是雨水,这都是因为菊治开始太疏忽。

"啊,怎么啦?"

他几乎叫起来,慢慢靠近她。

夫人坐在雨水打湿的廊缘上,两手伏地。

她眼看着就要慢悠悠瘫倒在菊治身上了。

自廊缘进屋的门槛附近,变得湿漉漉的。

她泪如泉涌,在菊治眼里犹如点点雨滴。

夫人的眼睛始终不离开菊治,仿佛是那目光支撑着才没有倒下。菊治也感到,假如摆脱她的视线,就要发生什么危险。

眼窝凹陷,布满细密的皱纹,眼圈儿青黑,变成奇妙的病态的双眼皮。可那副哭诉般的眼眸,温润而明亮,满含无法形容的柔情。

"对不起,很想和您见面,实在忍受不住了。"

夫人满含深情地说。

那番柔情从她的姿态上也看得出来。

要是缺乏这种柔情,凭着那副憔悴的样子,菊治是很难正面瞧着她的。

菊治被夫人的痛苦刺穿了心胸。而且,他明明知道这痛苦皆因自己而来,但还是错以为,夫人的一片柔情可以缓解自己的痛苦。

"要淋湿的,快进来吧。"

菊治蓦然从夫人的背后紧紧抱住她的前胸,几乎是把她拖上来的。他的动作有些残酷。

夫人想站稳自己的脚。

"请放开我,放开来。很轻吧?"

"是啊。"

"已经很轻了,最近瘦多啦。"

菊治一下子将夫人抱起来,连他自己都感到有些吃惊。

"小姐会放心不下的。"

"文子?"

听夫人的呼唤,仿佛文子也来到了这里。

"是和小姐一道来的吗?"

"我瞒着她呢……"

夫人抽噎起来。

"那孩子始终守着我,半夜里,我一有动静,她马上就醒了。她因为我,也变得古怪起来了。她甚至说出一些可怕的话。她问我:'妈妈,你为什么只生下我这个孩子?你也可以为三谷老爷生个孩子嘛。'"

夫人说着,改换了一下姿势。

菊治从夫人的口气里感受到小姐的悲哀。

文子的悲哀,抑或正在于她不忍心看到母亲的悲哀。

尽管如此,听到文子竟然说出菊治父亲的孩子,这话深深刺疼了他。

夫人依然凝神注视着菊治。

"今天或许也会追我来的。我是趁她不在家时溜出来的……她看到下雨,以为我不会外出。"

"怎么,下雨天就……"

"也许她以为我体弱,下雨天走不了路。"

菊治只是点点头。

"前些天文子到这里来过吧?"

"是来了,她叫我原谅她的母亲,听小姐这么一说,我反而无言以对了。"

"我完全知道这孩子的想法,可是为什么还要来呢?啊,真可怕。"

"不过,当时我还是感谢了夫人一番。"

"太好啦,仅凭这我本该就知足啦……谁知

过后，我还是痛苦得受不了，实在对不起。"

"说实在的，没有谁可以束缚住您的，即使有，也只能是父亲的亡灵，是吗？"

但是，看夫人的脸色，她并没有被菊治的话所打动，菊治仿佛扑了个空子。

"忘掉吧。"夫人说，"接到栗本女士的电话，我真不知道为什么那么上火，想想很是惭愧。"

"栗本给您打电话了吗？"

"嗯，今天早上，她告诉我您和稻村雪子小姐的婚事成功了……她为何告诉我这件事情呢？"

太田夫人的眼睛又溢满泪水，但她还是笑了。那不是凄凉的微笑，而是一种天真无邪的微笑。

"事情还没有决定下来。"菊治一语否定。

"夫人是不是让栗本觉察出我的一些情况来了？打那之后，您和栗本见过面没有？"

"没见过。不过，她是个可怕的女人，也许早已知道了。今天早晨打电话的时候，她肯定觉得我有些怪。我呀，也真没出息，差点儿倒下来了，嘴里还喊叫了一声。尽管是打电话，但对方听得很清楚。她还说什么'夫人，请您不要干扰'之类的话。"

菊治皱起眉头，一时说不出话来。

"说我干扰，这简直是……关于您与雪子小姐的亲事，我只怪自己不好。可是从今早起，我觉得栗本女士十分可怕，一想到她，就觉得浑身战栗，家里实在待不住了。"

夫人有点儿魂不守舍了，她不住震颤着肩膀，嘴唇朝一边歪斜，而且上挑，显露了这个年龄的老丑。

菊治站起身走过去，他伸手按住夫人的肩膀。

夫人抓住他的手说："我怕，我好怕呀。"

她环顾一下周围，突然颓丧地说：

"是这里的茶室吗？"

她是什么意思呢？菊治迷惘地回答：

"是的。"

他的话同样暧昧不清。

"是间好茶室呢。"

夫人是想起死去的丈夫经常应邀来这里呢，还是想起菊治的父亲了呢？

"是第一次吗？"

菊治问。

"嗯。"

"您在看什么？"

"不，没什么。"

"那是宗达的歌仙画。"

夫人点点头，随后她一直低着眉。

"从前没到我家来过吗?"

"是的,一次也没来过。"

"是这样的吗?"

"哦,只有一次,老爷的葬礼……"

夫人不再说下去。

"水已经开了,喝杯茶吧,可以医治疲劳,我也要喝呢。"

"唔,可以吗?"

夫人想站起来,她摇晃了一下身子。

角落里摆着碗橱,菊治拿来茶碗。他注意到这是昨天稻村小姐用过的茶碗,但还是照旧拿了出来。

夫人想打开茶釜锅盖,她抖动着手指,盖子碰撞在茶釜上,发出轻轻的响声。

她手拿茶勺,胸部微微前倾,泪水滴在茶釜沿上。

"这个茶釜也是您家老爷买下的。"

"是吗?我一点儿也不知道。"

菊治说。

即使听夫人提起这是亡夫保有的茶釜,菊治也不觉得反感。他对率直地谈起这种事来的夫人,也不感到奇怪。

夫人煮好茶说:

"我不能端过去,请过来吧。"

菊治走到茶釜旁边,就在那里喝茶。

夫人失神似的一头倒在菊治的膝盖上。

菊治抱住夫人的肩膀,她稍稍晃动着脊背,呼吸变得细微起来。

菊治的膀子像怀抱一个婴儿,感到夫人浑身酥软。

三

"夫人。"

菊治粗暴地摇了摇夫人。

菊治双手做了个卡脖子的形状,抓住她的咽喉和胸骨,他发现夫人的胸骨比以前更加突出了。

"夫人分得清父亲和我吗?"

"太残酷了,不要这样。"

夫人闭着眼睛,声音甜甜地说。

夫人仿佛不想马上从另一个世界回来。

菊治是对夫人说的,更是对自己心中的不安说的。

菊治也乖乖地被带到另一个世界里了。那只能是别一种世界。在那里,父亲和菊治已经没有什么区别了,那种不安是后来才萌生的。

夫人也许不是人世间的女子,她是人世以前的女子,或者是人世最后的女子。

夫人一旦进入别一种世界,那么她死去的丈夫和菊治的父亲,还有菊治,就不会感到有什么区别了吧?

"您一想起父亲,就把他和我当成一个人了,对吗?"

"原谅我吧,啊,太可怕了。我是个罪孽深重的女人。"

夫人眼角的泪水流成了一条线。

"啊,真想死,我真想死啊!要是现在能死,那该有多么幸福。菊治少爷,您刚才不是要掐我的脖子吗?您干吗又不掐死我了呢?"

"别开玩笑啦。不过,您这么一说,我真有点儿想掐掐看呢。"

"是吗?那太好啦。"

夫人说罢,伸长了细的脖颈。

"太瘦了,很好掐。"

"您总不会留下小姐去死吧?"

"不,这样下去,还不是累死吗?文子的事只好拜托菊治少爷了。"

"您是说小姐也和您一样吗?"

夫人沉静地睁开眼来。

菊治对自己的话感到惊讶。这是一句无意之中说出来的话。

夫人作何理解呢?

"瞧,脉搏这么乱……已经不会太长了。"

夫人抓起菊治的手放在乳房下面。

她也许听到菊治的话以后,心脏在剧烈地悸动吧。

"菊治少爷多大了?"

菊治没有回答。

"不到三十岁吧?对不起,我是个悲哀的女人,我可不知道呀。"

夫人支撑着一只手臂,歪着身子,蜷起腿来。

菊治坐着。

"我呀,来这里不是为了玷污菊治少爷和雪子小姐的婚事,不过,一切都了结啦。"

"结婚的事还没有定下来,您这么说了,我权当您是为我洗脱了过去。"

"是吗?"

"就说媒人栗本吧,她是我父亲的女人。她为了出气,总喜欢算老账。而您是我父亲最后的女人。我想,有了您,我父亲也是很幸福的。"

"您还是早些和雪子小姐结婚吧。"

"这是我的事。"

夫人茫然地望着菊治,面颊失去血色,用手按着额头。

"我有些头晕。"

夫人执意要回家,菊治叫了汽车,自己也乘了上去。

夫人闭着眼,靠在车子的角落里,身子已经无法支撑,生命亦在飘忽之中。

菊治没有进入夫人的家中。下车时,夫人冰冷的手指从菊治的掌心里倏忽消失了。

当夜两点钟,文子打来电话。

"是三谷少爷吧?妈妈她刚才……"

她到这里顿了一下,决然地说:

"她去世啦。"

"什么?夫人她怎么啦?"

"她死啦,心脏麻痹。最近,她吃了许多安眠药。"

菊治无言以对。

"所以,我有事想拜托三谷少爷。"

"说吧。"

"三谷少爷要是有要好的医生,能不能来一趟呢?"

"医生?要找医生吗?这么着急?"

医生一直没有来过吗？菊治十分不解，接着恍然大悟。

夫人是自杀，为了隐瞒，文子才托了菊治。

"我知道啦。"

"请多关照。"

文子一定经过深思熟虑，才给菊治打电话的。因此，只是简明扼要地给他说了。

菊治坐在电话机附近，闭着眼睛。

菊治在北镰仓旅馆和太田夫人住了一夜，回来的电车上看见的夕阳，又在他的头脑里闪现。

那是池上本门寺[1]森林的夕阳。

他看到火红的夕阳，流水一般掠过森林的树梢。

森林黑黢黢地浮现在布满晚霞的天空上。

夕阳流过树梢，渗进了疲敝的眼睛，菊治紧闭着双眸。

蓦然之间，他联想到那留在眼帘的夕照的天空，似乎飞翔着稻村小姐包裹上银白的千羽鹤。

---

1 池上本门寺：位于东京都大田区，日莲上人圆寂的寺庙。今天的横须贺线不经过此处。

志野瓷[1]

一

菊治在太田夫人"头七"的第二天来到太田家。

第一天,想着公司下班回来已经是下午,他本打算请假提前去那里,但临出门时又感到心神不安,所以直到天黑都未能成行。

文子来到大门口。

"啊呀。"

文子两手拄地,抬头仰望着菊治。她那颤抖的肩膀全靠两手支撑着。

"谢谢昨天的献花。"

"不客气。"

---

[1] 志野瓷:据传为志野宗信于文明至大永年间(1469—1528)在濑户烧制的瓷器。志野自安土·桃山时代开始在美浓(今岐阜)做陶,以白釉为基本。志野瓷分多种,其中绘志野,以不透明白釉为底,用铁质釉绘制花纹,大方素朴,别具风格。

"承蒙献花,我还以为不会光临了呢。"

"是吗?也可以先献花,后来人的嘛。"

"可是,我没有想到这一点。"

"昨天我已经走到这里的花店了……"

文子真诚地点点头:"花里虽然没有标上大名,我一看就知道了。"

菊治想起来了,昨日他站在花店的花丛之中,回忆着太田夫人。

菊治立即感到,是这馥郁的花香缓解了自己对于罪愆的恐惧。

如今,文子也同样满含温情地迎迓菊治。

文子穿着白底棉布衣服,没有施白粉。稍显粗糙的嘴唇搽了点淡淡的口红。

"昨天我还是不来的好。"

菊治说。

文子歪斜着身子,意思是"请进来吧"。

文子想控制自己不哭出声来,就像她在大门口打招呼一样。可是这回,她以同样的身姿说话,眼看就要哭起来了。

"哪怕只是承蒙送来鲜花,就不知多么令人高兴的了。不过,您昨天也是可以来的。"

文子站在菊治身后说。

菊治尽量装出轻松的口气:

"我不愿意使得你家亲戚们感到厌烦。"

"我已经不考虑那些了。"

文子坦白地说。

客厅里,灵位骨灰盒前立着太田夫人的照片。

花只有昨天菊治送的一束鲜花。

菊治未曾料到,只把他送的花留下来,其余的花,也许文子全都收拾了。

也可能就是个寂寥的"头七"。菊治有着这样的感觉。

"是水罐啊。"

文子知道菊治指的是花插。

"哦,我以为正合适。"

"好像是件挺好的志野瓷呢。"

作为水罐有点儿嫌小了。

花是白玫瑰和浅色的康乃馨,这束花插在筒状的水罐里,十分相宜。

"母亲也时常用来插花,所以留下了,没有卖掉。"

菊治坐在灵前烧了香,他双手合十,闭上眼睛。

菊治表示谢罪。他对夫人的爱满怀感谢之情,同时仿佛受到这种心情的怂恿。

夫人是因为罪责难逃而死吗?是为情爱追

逐、无法忍受而死吗?置夫人于死地的是爱,还是罪?菊治整整思考了一个星期,还是迷惑不解。

而今,他在夫人的灵前紧闭双眼,尽管夫人的肢体没有浮现在他的脑海里,然而,夫人那种令人迷醉的触感,却温馨地包裹着菊治。奇怪的是,对菊治来说,也正是因为夫人,这一切并不显得有什么不自然。触感复苏过来了,这不是雕刻的感觉,而是音乐的感觉。

夫人死后,菊治长夜无眠,他在酒里加了安眠药,但还是易醒,多梦。

但是,他并不感到噩梦的威逼,而是在梦醒之际,享受着甘美的陶醉。菊治睁开眼睛,脑子也是一片恍惚。

死去的人也能令人感受到她的拥抱,菊治觉得很奇怪,凭着他的肤浅的经验,实在难以想象。

"我是一个罪孽深重的女子啊!"

夫人和菊治在北镰仓旅馆住了一夜的时候,以及她来到菊治家里走进茶室的时候,她都说了上面的话。正如这句话反而更加诱发夫人欣快的战栗和唏嘘一样,如今,菊治坐在灵前,思索着夫人的死因,如果就是她的罪愆的话,那么,他依然会不时联想到夫人所说的"罪孽深重"这句话来。

菊治睁开了眼睛。

文子在他的身后啜泣,她有时忍不住哭出声来,又似乎强咽了回去。

菊治一动不动。

"这是什么时候的照片?"

他问。

"五六年前,是将小幅放大的。"

"是吗?这不是点茶时的照片吗?"

"哎呀,说得正是呀。"

这是一幅放大了的面部照片,领口下边和两肩外缘裁去了。

"您怎么知道是点茶时的照片呢?"

文子问道。

"我有这种感觉。稍微低俯着眉头,是在做着什么事的表情。虽说看不见肩膀,但身子却在用力气。"

"稍微有些侧面,很是斟酌了一阵子,但这是母亲所喜欢的照片啊。"

"显得很沉静,是一幅好照片呢。"

"可是脸部偏向一侧,还是不太好,人家烧香时她都没能瞧一眼。"

"可不,是有这个问题。"

"面部转向一边,又都是低着头。"

"是这样啊。"

菊治回忆起夫人临死前还在点茶。

夫人手拿水勺,眼泪滴在茶釜沿上。当时菊治走过来,自己端走了茶碗。茶一喝完,茶釜上的眼泪就干了。菊治刚放下茶碗,夫人就一头倒在他的膝盖上。

"照这张相的时候,母亲有些发福。"

文子说着说着,语气支吾起来。

"还有,这张相片和我很相像,挂在这里,真是有些难为情。"

菊治蓦地回过头去。

文子低下眉来,从刚才起,她的眼睛就一直凝视着菊治的背影。

菊治已经离开灵位,他必须面对文子。

难道他要对文子道歉一番吗?

幸好花插用的是志野瓷的水罐,菊治两手向前轻轻支着身子,如同打量茶具般地审视着。

白色的釉子里泛着微红,犹如冷艳而温淑的肌肤,菊治用手摸了摸。

"犹如温柔的香梦,我喜欢优良的志野瓷。"

他本想说"犹如温柔的女子香梦",而省略了"女子"二字。

"要是中意,就当母亲的遗物送给您吧。"

"不。"

菊治慌忙抬起头来。

"要是不介意,就收下吧,母亲也会很高兴的。这件东西好像还不错。"

"当然是件好东西了。"

"我也从母亲那里听说过了,所以把您送的鲜花也插上了。"

菊治不禁热泪滚滚。

"好吧,我收下。"

"母亲一定很高兴。"

"不过,我不大会再当作水罐使用,可能用作花瓶。"

"母亲也用来插过花,可以那么用的。"

"花也不是适合于茶道的花。茶道的用具离开茶道就显得凄凉了。"

"我也不想再习茶道了。"

菊治回头看看,顺势站起来。

他把壁龛附近的坐垫移到廊缘边坐下来。

文子一直在菊治身后,保持着距离坐着,她没有坐垫。

菊治移动了位子,文子一个人留在了客厅中央。

文子的手放在膝头,手指微微弯曲,这时颤

抖着握了起来。

"三谷少爷,请您原谅我的母亲吧。"

文子说罢,忽地低下头。

刹那之间,文子的身体像是要倒下来,菊治大吃一惊。

"说什么呢?请求原谅的应该是我啊。我甚至觉得我应该郑重地致歉。可我不知道如何道歉,我愧对文子小姐,感到没有脸来见你。"

"感到内疚的是我们。"

文子的脸上露出羞愧的神色。

"真是无地自容呀。"

文子那没有搽一点白粉的面颊,直到白皙的细长的脖颈,逐渐泛出了潮红,由此可以感知她确乎身心交瘁了。

而那淡薄的血色,越发反衬出文子的贫血。

菊治心如刀割。

"我以为你对我憎恶极了。"

"憎恶?怎么会?母亲曾经憎恶三谷少爷吗?"

"不,害死你的母亲的,不正是我吗?"

"母亲是自己寻死的,我一直是这么想的。母亲死后,我一个人独自思考了一周呢。"

"打那之后,家里就剩你一个人了吗?"

"嗯。在这之前,我和母亲都是这么生活过

来的。"

"是我害死了你的母亲。"

"她是自己寻死的,假如说三谷少爷害死了母亲,那我更是害死了自己的母亲。如果因为母亲的死而必须憎恶谁的话,那么,就应当憎恶我自己。要是由别人承担责任或感到后悔,母亲的死就会变得阴暗而不纯粹,留下的反省和后悔就会成为死者沉重的负担。"

"也许确实是这样。可要是我没见夫人……"

其余的话菊治没有说出口。

"死去的人要是能够获得饶恕,就足够了,也许母亲是为了获得饶恕才死的吧?您肯不肯原谅母亲呢?"

文子说着,站起来走了。

听了文子的话,菊治感到,头脑里的一幕终于结束了。

他想,果真可以减轻死者的负担吗?

为死者而深感忧烦,等于是诅咒死者,这种浅薄的错误也许很多吧?死去的人不能以道德强迫活着的人。

菊治再度瞧了瞧夫人的照片。

二

文子端着茶盘进来了。

茶盘上放着"赤乐"和"黑乐"筒形茶碗[1]。

她把黑乐放在菊治面前。

杯子里是粗绿茶。

菊治捧起茶碗,瞅瞅碗底的乐印。

"是谁的?"

他很唐突地问道。

"我看是了入[2]的吧。"

"红的也是吗?"

"也是。"

"是一对吧?"

菊治瞧着红茶碗。

---

1 "乐烧"瓷,于天正年间(1573—1592)在京都始创,是一种低火度烧制的软性陶瓷。不用辘轳等造型道具,只用指尖捏制成型,故谓之"手捏瓷"。有素朴雅致之感。"赤乐"在乐烧中最为普通,本体为氧化铁黏土,涂以红色,上透明釉彩烧成。"黑乐"则涂以黑色不透明釉彩,强火烧制,并放入开水中浸泡,以取得柔和之感。筒形茶碗有深筒茶碗和半筒茶碗之分。
2 了入(1756—1834):"乐烧"本家乐家第九代陶工,乐家中兴名匠。其制品精巧轻盈,赤釉色彩鲜明,黑釉沉静滋润。

文子把红茶碗一直放在膝盖前边。

用筒形茶碗代替茶杯更方便，不过倒是引起了菊治不快的想象。

文子的父亲死后，菊治的父亲还活着的那阵子，菊治的父亲到文子的母亲那里，那时用的不是茶杯，就是这一对"乐茶碗"吗？菊治父亲用黑的，文子母亲用红的，是用作"夫妇茶碗"了吗？

如果是了入制陶，也没有什么不舍得的，说不定还是他们两人行旅中用的茶碗呢。

果真如此，那么文子明明知道这些，却仍然为菊治拿出这对茶碗来，这可是一场不小的恶作剧啊！

然而，菊治并不感到这是有意的讥刺或耍什么阴谋。

他只觉得这是一个少女单纯的感伤。

这感伤抑或也感染了菊治。

文子和菊治，都为文子母亲的死所累，他们也许不能摆脱这样的感伤吧？然而，这对乐茶碗，却加深了菊治和文子共同的悲哀。

菊治父亲和文子母亲之间，文子母亲和菊治之间，还有文子母亲的死，所有这一切，文子也都一清二楚。

隐瞒文子母亲的自杀，也是他们两个的共谋。

文子的眼角微红,看来她刚才沏茶时,哭过了一场。

"我想,今天还是来得好。"

菊治说。

"刚才文子小姐的话,意思是说死者和活着的人,已经不存在什么原谅不原谅的事情了。那么,我可以换一种想法,那就是认定夫人已经原谅了我。"

文子表示理解。

"只有这样,母亲也才会获得原谅啊,虽然母亲不肯原谅她自己。"

"可是,我到这里来,和你相向而坐,这也许是一件很可怕的事。"

"为什么呢?"

文子看了看菊治。

"是指选择死这件事不好吗?我也有同样的想法。母亲死的时候,我也一直感到痛悔来着。母亲不论受到如何的误解,死都不能成为辩解的理由。死拒绝一切理解。不论是谁,都无法给予原谅的。"

菊治默然不语,他以为,文子也在探索着死的秘密。

"死拒绝一切理解。"他听文子说出这样的话,感到很意外。

现如今,菊治所理解的夫人和文子所理解的母亲,也许截然不同。

文子没有办法了解作为一个女人的母亲。

原谅也好,被原谅也好,菊治只是一味陶醉于女体的温柔之乡,任凭情感之波的漂荡。

这黑红一对乐茶碗,载着菊治,神游于情感的梦幻之中。

文子不知道这样的母亲。

从母亲身体里出生的孩子,不理解母亲的身子,这真是有些微妙,但母亲身体的形状,却很微妙地传给了女儿。

从大门口受到文子迎迓的那时候起,菊治就感受着一种柔情,这是因为他从文子那张亲切的桃圆脸上,看见了她母亲的面影。

如果说,夫人从菊治那里看见了他父亲的面影而犯下了错误,那么,菊治认为文子酷似她的母亲,这种令人战栗的诅咒,引诱着菊治乖乖地就范了。

文子那张小巧的微微突出的下嘴唇有些粗糙了,菊治盯着她,觉得没法和她再争执了。

怎么样才能使得这位小姐略示反抗呢?

菊治泛起了一种感觉,他说:"夫人也很柔弱,所以她无法活下去了。"

"可是我对夫人很是残酷,我把自己道德上的不安,通过这种形式,有些强加给夫人了。因为我太胆小、太卑怯……"

"是我母亲不好,母亲太不像话啦。我认为她对您家老爷或者对三谷少爷您,都不符合她的性格。"

文子嗫嚅起来,面孔现出红晕,比起刚才更加鲜丽。

她故意躲避菊治的目光,稍稍转过脸,低下头来。

"不过,打从母亲死后第二天起,我就渐渐认识到母亲其实是很美的。这不单是我的看法,而是母亲独自变得美好起来了吧。"

"大凡对于死去的人,都是一回事吧。"

"母亲也许耐不住自己的丑行才死的吧?不过……"

"我想不是这样的。"

"还有,她实在痛苦得无法忍受啦。"

文子涌出了眼泪,她是想说说母亲对菊治的满心情爱吧。

"死去的人,已为我们的心灵所有,好好珍视吧。"

菊治说。

"不过,他们都死得太早啦。"

文子明白,菊治指的是他和文子两家的父母。

"你和我都是独生子女。"

菊治接着说。

从自己的话里他才觉察,假若太田夫人没有文子这个女儿,他或许会因为和夫人之间的事,陷入更加黯淡与扭曲的思绪之中。

"文子小姐,听说你对我父亲也很亲切,这是夫人告诉我的。"

菊治终于冒出了这句话来,他自以为说得很自然。

父亲将太田夫人当作情人,常来常往她们家里,他想这事和文子说开了也没有关系。

不料,文子立即双手伏地。

"请原谅,因为母亲太可怜啦……打那时起,母亲时时刻刻想寻死。"

她一直那么俯伏着身子,不知不觉哭出声来,双肩似乎也没了力气。

菊治来得很突然,文子没来得及穿袜子,为了把两脚藏在腰后面,她尽量蜷缩着身子。

她头发扫着榻榻米,从赤乐筒形茶碗上掠过。

文子两手捂着哭泣的脸孔出去了。

她好大一会儿没有回来。

"今天就到这儿吧,我告辞了。"

菊治说着,出了大门。

文子抱着包裹来了。

"这件东西,请带着吧。"

"哦?"

"志野水罐。"

拿出花,倒掉水,擦干净,包好。文子手脚这么麻利,菊治颇为惊奇。

"今天就拿走吗?就是那个插了花的?"

"请吧,请带走吧。"

文子因为悲不自胜才加快了动作的吧?菊治想。

"那我就领情了。"

"本该由我自己送去的,可我不便去府上拜访。"

"为什么?"

文子没有回答。

"好吧,请保重。"

菊治正要出去。

"谢谢您啦,不要管我母亲的事,请早点儿成个家吧。"

文子说。

"你说什么?"

菊治回首张望,文子没有抬头。

三

带回来的志野水罐,菊治依然插上白玫瑰和浅色康乃馨。

太田夫人死后,菊治仿佛才爱上了她,他一直被这种情绪缠绕不放。

而且,自己的这份爱,还是靠着夫人的女儿文子的启示才实实在在感觉到的。

星期天,菊治试着打电话叫文子。

"家里还是一个人吗?"

"嗯。渐渐觉得好寂寞啊。"

"一个人,这怎么行?"

"是呀。"

"家里静悄悄的,电话里都能听得出。"

文子微微发笑了。

"找个朋友陪陪你,不好吗?"

"不过,来了人,就觉得母亲的事会被人知道似的……"

菊治无言以对。

"一个人也不好外出吧?"

"不碍的,可以锁上门嘛。"

"那就请来一趟吧。"

"谢谢啦,改天去。"

"身体怎么样?"

"瘦多啦。"

"睡得好吗?"

"几乎整夜睡不着觉。"

"这不行。"

"最近想把这里拾掇一下,也许会搬到朋友家里住。"

"最近?什么时候?"

"这里能卖掉的话。"

"卖房子?"

"是的。"

"你真的打算卖吗?"

"是呀,您不觉得卖掉好吗?"

"这个,是啊,我也正想卖房子的呢。"

文子默然无语。

"喂喂,这事没法在电话里多说。这个星期天我在家,你能来一趟吗?"

"好的。"

"承蒙相送的志野水罐,我插上了西洋鲜花,等你来了,我再当水罐使用……"

"点茶?"

"不点茶,只是当作水罐用一次,否则太可惜了。再说,茶具也要和别的茶具协调一致才好,否则光彩不合适,就显现不出真正的美感。"

"可我这副模样,比上回见面时更寒碜人,我不去啦。"

"没有别的客人。"

"可是……"

"那好。"

"再见。"

"请保重。有人来了,再见。"

来人是栗本千佳子。

菊治绷着脸,怀疑电话被她听到了。

"天气一直郁闷不堪,这回很久才盼来个好天气。"

她一边打招呼,一边及早盯上了志野水罐。

"马上就到夏天了,茶会也没了,想来茶室里坐坐……"

千佳子把作为礼品的自家做的点心,还有扇子拿出来了。

"茶室里又有霉味儿啦。"

"可不是吗?"

"是太田家的志野瓷吧?让我瞧瞧。"

千佳子若无其事地说着,朝着花揆过去。

她双手拄地,低着头,高耸着两个粗大的肩头,仿佛又在喷射毒焰。

"是买的吗?"

"不,是送的。"

"送的?这可是得了件宝贝呀,是作为遗物纪念品的吧?"

千佳子仰起脸来,转过身子:

"这种东西,还是买下来为好,由小姐送给您,总是有些不妙。"

"好了,让我想想。"

"请一定要买,太田家的茶具有好多都留在这儿了,不过都是老爷花钱买下的。夫人受到照顾之后也一样……"

"这些事,我不想从你口中听到。"

"得了,得了。"

说罢,千佳子翩然离去。

听到千佳子在对面和女佣说话。她系着围裙出来了。

"太田夫人是自杀的吧?"

千佳子突然冒出一句。

"不是。"

"真的不是?我有这个感觉,那位夫人身上,总是飘荡着一股妖气。"

千佳子看着菊治。

"老爷也说过,那位夫人是个难以捉摸的女子。凭着女人家的眼光,又不一样,她总是显得那般天真无邪,同我们这些人合不来,黏黏糊糊的……"

"不要再往死者身上吐唾沫。"

"话虽如此,可她死了,还不是给您菊治少爷的婚事添麻烦吗?老爷为了这个夫人也是吃尽了苦头。"

菊治想,苦了的还不是你千佳子吗?

千佳子这个女人,父亲只是逢场作戏罢了,也不是因为有了太田夫人,千佳子就怎么怎么样了。然而太田夫人守着父亲直到他去世,千佳子一直对她恨之入骨。

"像菊治少爷这样的年轻人,是无法理解那位夫人的,她死了反而好,真的。"

菊治转向一边。

"她妨碍了菊治少爷的婚事,这怎么得了啊!她一定是因为自己作恶多端,魔性大发,无法控制才死的。她这种女人,还指望着死后能见到老爷呢。"

菊治打了个寒噤。

千佳子走到院子里。

"我也到茶室里静静心。"

她说。

菊治一直坐着,瞧着鲜花。

银白和粉红的花朵和志野瓷的颜色相互融合,一片朦胧。

菊治的脑海里,浮现出独自在家里哭泣的文子的倩影。

母亲的口红

一

菊治刷过牙回到卧室时,女佣把牵牛花插进墙壁上的葫芦花瓶里。

"今天总该起床了。"

菊治说罢,又钻进被窝。

他仰面躺着,从枕头上扭过头,瞧着壁龛角落上的花。

"开出了一朵啦。"

女佣退到隔壁去了。

"今天还休息吗?"

"唔,再歇息一天,会起来的。"

菊治患感冒,头疼,已经从公司请假四五天了。

"这牵牛花是哪里来的?"

"院子边缠绕在蘘荷上,刚开了一朵。"

这是野生的吧，常见的纯净的蓝色花朵开在纤细的蔓子上，花和叶子都很小。

然而，这只古老的涂着红漆有几分黝黑的葫芦，垂挂着绿叶和蓝花，显得十分清雅可喜。

女佣在父亲在世时就来到这个家里了，所以她很懂得这些。

葫芦上可以看见薄漆的花押[1]，古旧的盒子上也有宗旦[2]的名字，要是真品，那么这只葫芦，就是三百年前的古董了。

菊治不知道茶道插花的规矩，女佣也不得要领，但是早晨饮茶，有牵牛花作点缀，也感觉很相宜。

三百年传下的葫芦里，插着花开一朝的牵牛花，菊治想到这里，他对花瞧了老半天。

较之在三百年前的志野水罐插上西洋花，还是这个更合时宜吧？

但是，这支牵牛花能养活多长时间呢？他心里感到不安。

---

1 花押：旧时文件末尾处的作者绘画式亲笔署名。
2 宗旦（1578—1658）：千家第三世宗匠，千利休之孙。入大德寺作"喝食"（kasshiki，向诸僧报告饭菜品种的有发少年），既长，继承家业，观利休之末路，终生不仕。精通侘茶，主张"茶禅一味"。在宗旦子孙倡导下，茶道出现"表千家""里千家""武者小路千家"三个流派。

菊治对照料他吃早饭的女佣说：

"那支牵牛花瞧着瞧着像是要凋谢了，看来也不是这样的。"

"是吗？"

菊治忽然想起，自己曾经打算在文子送的她母亲的遗物——志野水罐里，插上一次牡丹花。

拿来水罐的时候，已经过了牡丹花的花期。不过，那时候，有的地方牡丹花还在开吧。

"家里原来有着这只葫芦，我倒是早忘了，亏得你给我找出来了。"

"哎。"

"你见过父亲在葫芦里养牵牛花吗？"

"没有，牵牛花和葫芦都属于蔓生植物，我想试试看……"

"什么？蔓生……"

菊治笑了，他有些泄气。

读报读得头疼了，菊治躺在客厅里。

"床铺还是原样吧？"

女佣正在洗涮，听到菊治的话，揩揩手走过来。

"我这就去整理一下。"

其后，菊治走到卧室一看，壁龛里的牵牛花没有了。

葫芦花瓶也没有挂在壁龛里。

"唔。"

花瓣有些打蔫了,为了不让他看见才拿走的吧?

听女佣说牵牛和葫芦这些都是"蔓生植物",菊治笑了。看来父亲的生活习惯,依然保留在女佣的这些做法里。

但是,壁龛的正中央,却突出地摆放着志野水罐。

要是文子来这里看到了,她一定认为这样做太草率了。

菊治从文子那里拿来这只水罐的时候,立即插上了白玫瑰和浅色的康乃馨。

在母亲的灵位前,文子也是这样做的。这白玫瑰和康乃馨是在文子母亲头七时菊治献上的。

菊治背着水罐回来的路上,又到前一天去过的那家花店买了同样的鲜花。

但是,在这之后,只要摸一下这只水罐,胸中就怦怦直跳,所以菊治不再插花了。

走在路上,每每看到中年妇女的背影,一下子就被吸引住了,等一回过神来,就不由嘀咕道:

"简直是个罪人。"

随之,神情黯淡下来。

于是定睛一看,那人的背影已经不像太田夫人了。

看上去,只是腰肢丰腴很像夫人。

菊治瞬间感受着一种战栗的渴望,但也在同一瞬间里,感受着甜蜜的迷醉和恐怖的震撼。他似乎从犯罪的瞬间里醒悟过来了。

"是什么使我成为罪人的呢?"

菊治喃喃自语,似乎力图摆脱掉什么,然而,回答他的只是一种想和夫人相会的强烈欲望。

死者肌肤的触感时时鲜活地映现于脑际,他想,只有从这样的境界里逃逸出来,才能使自己得救。

他认为,道德的苛责造成了官能的病态。

菊治把志野水罐收在盒子里,钻进被窝。

他向庭院望去,这时响起了雷声。

虽然遥远,但很剧烈,而且每响一阵,就向这里接近一程。

闪电开始穿过院子里的树木。

接着,先下起阵雨来了。雷鸣渐行渐远。

院子里泥土飞溅,雨势很强。

菊治起来,给文子打电话。

"太田小姐她搬家了……"

对方回答。

"什么?"

菊治不由一惊。

"对不起,那么……"

文子卖了房子了,菊治想。

"搬到哪里了,知道吗?"

"哎,请等一等。"

对方好像是女佣。

她马上回到电话机旁,像是读着字条,告诉了新的地址。

房东姓"户崎",也有电话。

菊治把电话打到那户人家。

文子的声音很开朗:

"让您久等啦,我是文子。"

"文子小姐吗?我是三谷,我给你家里挂电话了。"

"对不起。"

文子放低了声音,听起来很像她的母亲。

"你什么时候搬过去的?"

"哎,是……"

"你没有告诉我呀。"

"最近把房子卖了,一直住在朋友家里。"

"唔。"

"该不该告诉您呢?我一直犯犹豫呢。当初,没打算告诉您,也觉得不好告诉您,于是就没告诉。近来又后悔不该瞒着您。"

"那可不是吗?"

"哎呀,您也这么想吗?"

菊治说着说着,仿佛经过一番洗涤,浑身清爽。打电话竟然也有这样的感觉?

"送我的志野水罐,每当一看到,我就想见你啊。"

"是吗?我家里还有一只志野瓷,是小型的筒形茶碗。本来打算和水罐一并送您的,可是母亲用来喝过茶,茶碗边缘上还印着母亲的口红呢……"

"啊?"

"母亲这么说了。"

"你是说瓷器上印着夫人的口红,对吗?"

"不是说没有擦过,那件志野瓷本来就是薄胎红,口红一沾上茶碗口,怎么也擦不净。这是母亲说的。母亲去世后,我再一看那茶碗口,有一处透着朦胧的红晕。"

文子是无心地诉说着这一切吗?

菊治似乎听不下去了。

"这里下了猛烈的阵雨,你那里呢?"

"这里是倾盆大雨,雷声很大,吓得我缩成

一团啦。"

"下雨后会感到清凉一些。我也休息四五天了,今日在家,方便的话,请来玩玩吧。"

"谢谢了,我要去拜访,也得找到工作之后。我很想工作啊。"

没等菊治回答,文子抢先说:

"接到您的电话,我很高兴。我去拜访您,虽然不该再见您,但是……"

菊治等到阵雨过后,叫女佣收起了床铺。

给文子打电话,结果竟会把她招了来,就连菊治自己也感到惊讶。

菊治更是没有料到,当他听到那位姑娘的声音时,他和太田夫人之间罪孽的阴影反而消泯了。

是那姑娘的声音,使他感到她的母亲依然活着吗?

菊治要刮刮胡子,他把肥皂刷子在庭园的树叶上扫了扫,让雨滴濡湿。

过午,菊治心里只是想着文子来,谁知走出大门一看,竟是栗本千佳子。

"哦,是你?"

"天热了,好久没见了,特过来看看。"

"我有点儿不舒服。"

"那可不行,您脸色很不好呀。"

千佳子皱起眉头，瞧着菊治。

文子可能穿西服来，听到木屐的响声，怎么会误以为是文子呢？真奇怪。菊治一边思索，一边问道：

"修整牙齿了吧？年轻多了。"

"梅雨时节，趁着闲空……太白了些。反正很快就会脏的，不碍事。"

千佳子走过菊治躺着的客厅，瞅了瞅壁龛。

"什么也没有，这回可利索啦。"

菊治说。

"唔，是梅雨季节了，不过，还可以摆点儿花什么的……"

千佳子回过头来。

"太田家的志野瓷哪儿去啦？"

菊治沉默不语。

"我看，还是还给她的好。"

"那是我的自由。"

"不能这么说呀。"

"这至少不是你该管的事。"

"那也不见得。"

千佳子露出雪白的假牙笑了：

"今天我来又要惹您头疼啦。"

她说着，猛地伸出两手，摊开来：

"这个家,假若您不让我把妖气赶走,那就会……"

"你不要唬人。"

"我是媒人,今天要提出几个条件。"

"要是稻村小姐的事,劳你费心,我拒绝。"

"哟,哟,不要因为讨厌我这个媒人,把自己的美满姻缘耽搁啦,那样不是太小家子气了吗?媒人嘛,只是搭个桥,您只要等着上桥就行啦。当年老爷就是这样使唤我的,他倒挺轻松的。"

菊治满脸不高兴。

千佳子有个怪癖,一旦有了谈兴,就高高耸立着两肩。

"说起来也很自然,我呀,和太田夫人不同,我很轻贱。这些事应该毫不隐瞒地告诉您的。遗憾的是,在老爷玩过的女人里,我是够不上数的。他看不上我……"

说罢,她低下了头。

"可是我一点儿也不怨恨他,此后,只要我对他有用时,他就一直随意使唤我……男人嘛,对于自己相好的女人,可以随便使唤。我也托老爷的福,对于世俗人情十分熟悉。"

"唔。"

"所以,我的这个特长,少爷您也可以利用啊。"

菊治认为她说得也很在理，不由就上钩了。

千佳子从和服腰带里抽出扇子。

"一个人太男子气，或者太女人气，就无法真正了解这个社会。"

"是吗？那么说，所谓了解就只有不男不女的中性人才可以做到喽？"

"干吗讥刺人呀？要是真的成为中性人，反倒能一眼看破男人或女人的心理。太田夫人和独生女儿长相厮守，亏得她撇下闺女寻死了。依我看，她是另有企图。她是想，自己死后，您这位菊治少爷不就可以照料她的女儿了吗……"

"说到哪儿去了？"

"我苦苦思索了很久，终于解开了这个疑团。我的意思是说，太田夫人不惜拿死来毁掉菊治少爷的这门亲事，她不是一般的死，而是别有用心。"

"你这是胡思乱想。"

菊治嘴里说着，心里却被千佳子的这种"胡思乱想"搅扰得不得安宁。

犹如电光一闪。

"菊治少爷，稻村小姐的事，您也对太田夫人说了？"

菊治想起来了，可又佯装不知。

"给太田夫人打电话，说我的事已经定下了，不正是你吗?"

"不错,我是告诉过她的,我叫她不要捣乱。太田夫人她当晚就死啦。"

一阵沉默。

"可是,我打电话,菊治少爷怎么会知道的呢?当时,她向您哭诉来啦?"

菊治一下子被问到了。

"是的吧? 她在电话里还啊地大叫了一声呢。"

"这么说,等于是你把她害死的!"

"菊治少爷这么想,就可以解脱了,是吧?我习惯了充当恶人。老爷可以根据需要,随时叫我扮演一个冷酷无情的坏女人。我今天干脆也做一次恶人吧,虽然不是为了报恩。"

千佳子的嫉妒和憎恶是根深蒂固的,菊治听她似乎又在吐露心扉。

"这些内幕的事,还是装作不知道吧……"

千佳子似乎盯着自己的鼻子尖。

"菊治少爷就把我当成一个可厌的女人,朝我皱眉头好啦……总之,我一定要赶走这个妖女,使您缔结良缘。"

"什么良缘不良缘的,就此打住吧。"

"是了,是了。我也不想再谈到太田夫人的

事了。"

接着,千佳子和缓地说:

"太田夫人也并不坏……自己死了,不声不响地在为女儿和菊治少爷祈祷……"

"又胡说八道了。"

"难道不是吗?您以为她活着的时候,从来没打算把女儿许给您菊治少爷吗?那您也太麻木啦。她这个人,不管睡着了还是睁着眼睛,一心一意只想着老爷,像妖魔一样死缠不放,痴情倒也算痴情。稀里糊涂,把女儿也拖下水,最后还搭上了一条命……可旁人看来,就像可怖的鬼神作祟或诅咒,她是布了一张魔性之网啊。"

菊治和千佳子两个对望了一下。

千佳子向上翻了翻那小巧的眼睛。

因为躲不开她的目光,菊治只好转向一侧。

千佳子的那张嘴,菊治也不得不让她三分,因为自己一开始就有弱点,对于千佳子的奇谈怪论,他也感到有些惧怕。

死去的太田夫人果真希望女儿文子和菊治结成一对吗?菊治根本没想过。他不相信这一点。

这是千佳子出于嫉妒,又在信口胡说吧?

千佳子的胡乱猜度就像她胸口的黑痣一样丑恶。

然而,这种奇谈怪论,对于菊治就像一道闪电。

菊治感到惧怕。

难道自己不也是希望这样吗?

母亲去世,随之移情于女儿,世界上不是没有这种事。但是,一边陶醉于母亲的拥抱,一边倾心于女儿的柔情,而自己又浑然不觉,这不是中了邪魔,又是什么呢?

菊治现在想想,打从见到太田夫人后,自己的性格也为之一变。

菊治有点恍惚了。

"太田家的小姐来啦,她说要是有客,她改天再来……"

女佣进来通告。

"哦,她回去了?"

菊治走出大门。

二

"刚才太冒失啦……"

文子伸着白皙而细长的脖颈仰望着菊治。

从喉头到胸脯,那里的凹窝里蒙上一层淡黄

色的阴影。

不知是因为光线还是因为憔悴,那淡黄的阴影使得菊治感到几分安然。

"栗本来了。"

菊治淡然地说。他出来时有些拘谨,一见到文子,反而轻松了许多。

文子表示会意:

"看到师傅的阳伞啦……"

"唔,这把蝙蝠伞吗?"

一把长柄、鼠灰色的蝙蝠伞靠在大门边。

"这样吧,先到旁边的茶室里等等,好吗?栗本婆子就要回去了。"

菊治说着,他甚至怀疑自己,明明知道文子来了,干吗还不把千佳子赶走呢?

"我呀,没关系的……"

"是吗?请吧。"

文子似乎对千佳子的敌意毫无觉察,她到客厅里去问候千佳子。

她感谢千佳子对她母亲的悼念。

千佳子仿佛是师傅见到徒弟,稍稍耸着左肩,反转着身子。

"你妈是个好心眼的人,这个世界好人活不下去,就像最后一朵鲜花坠地呀。"

"她并没有那么好。"

"其后小姐一人,想必夫人也会有所牵挂吧?"

文子低下眉来。

她那稍稍翘起的下嘴唇紧闭着。

"一个人孤单单的,还是学点儿茶道吧?"

"哦,我早已……"

"可以消愁解闷嘛。"

"我的身份已经不适合学茶道了。"

"怎么这么说。"

千佳子将扶住膝头的双手左右一摊:

"说实在的,今儿我到这座宅子来,是想到梅雨过去了,这里的茶室需要打开来通通风。"

她说着,朝菊治睃了一眼。

"文子小姐也来了,看怎么办呢?"

"什么?"

"想借你母亲的遗物志野水罐用一下……"

文子抬眼看看千佳子。

"聊一聊你母亲的往事吧。"

"不过,要是在茶室里哭起来,多难为情呀。"

"哦,那就哭吧,想哭就哭。眼看菊治少爷的夫人就要进门了,我也不能随便到茶室里来了。这可是个令人怀想的茶室啊……"

千佳子笑笑,又说:

"和稻村家雪子小姐的亲事定下的话……"

文子点点头。脸上没有任何表情。

可是,她那酷似母亲的桃圆脸显得很憔悴。

菊治说:

"说这些没影的事,不是诚心使人难堪吗?"

"我的意思是说等定下来之后。"

千佳子一句顶了回去。

"好事多磨嘛,在事情未定下来之前,文子小姐就权当没听说。"

"嗯。"

文子再次点点头。

千佳子招呼女佣把茶室扫一扫,走开了。

"这里的背阴处,树叶还是湿的,请注意。"

院子里传来了千佳子的声音。

三

"早晨的电话里,也能听到这儿的雨声吧?"

菊治说。

"电话里也能听到雨声吗?我倒没在意。我家庭院里的雨声,电话里也能听到吗?"

文子向院里望去。

一带绿树的对面,传来千佳子打扫茶室的声音。

菊治望着院子说:

"我跟文子小姐打电话,也没注意到你那里有没有雨声,后来我才感到,那是一场很大的雨啊。"

"呀,打雷很可怕呢……"

"是啊是啊,您在电话里也说了。"

"就连这些小事我也很像母亲。雷一响,母亲就用衣袖裹住我的小脑袋。夏天出门,母亲总要抬头看看天空,嘴里不住嘀咕,今天会不会打雷呢?现在,有时我一听到打雷,就用衣袖遮住脸膛。"

文子从肩膀到前胸隐隐显得有些忸怩:

"那只志野茶碗我带来啦。"

说着,她走了出去。

文子回到客厅,将裹着茶碗的小包递到菊治面前。

菊治犹豫了一会儿,文子又拉过去,从盒子里掏出来。

"这乐烧筒形茶碗,也是夫人当作茶杯使用的吧,是了入制的吗?"

菊治问。

"是的,黑乐和赤乐盛粗茶和煎茶不相宜,所以爱用这只志野茶碗。"

"是啊,黑乐盛进煎茶,茶的颜色看不出来……"

看到菊治无意将放在那里的志野茶碗拿在手里观赏,文子说道:

"虽说不是什么好的志野瓷,不过……"

"不。"

然而,菊治还是不愿伸手。

正像文子早晨在电话里说的,这只志野茶碗白色釉子上隐隐现出微红,瞧着瞧着,那白色下面的红色越来越鲜艳了。

而且,碗口稍稍现出薄茶色,有一处的薄茶色显得很浓。

那里是嘴唇接触的地方吗?

看来是沾上的茶锈,也许是嘴唇弄脏的。

这种薄茶色再仔细一瞧,依然泛着微红。

正如今早文子在电话里说的,这是她母亲残留的口红的痕迹吗?

这样看来,瓷的开片[1]里也混合着茶色和红色。

口红已经褪了色,宛如枯萎的红玫瑰色——

---

[1] 开片:日语原文为"贯入"(kannyū),釉的裂纹。烧制过程中混有裂隙的釉面,观之赛花纹。宋代官窑青瓷,以裂纹为特色。其后,"官窑"二字渐次代之以"贯入"或"贯乳"二字。这是鉴定古瓷器的重要标识。

又像陈旧的血色。菊治心里甚为奇怪。

他同时感到了令人作呕的不洁和痴迷的诱惑。

茶碗整体是青黑色,绘着大叶子的花草,有的叶心出现了暗红色。

这种花草画看起来单纯而健壮,仿佛唤醒了菊治病态的官能。

茶碗的款式凛然可观。

"真好。"

菊治说着,拿在手里。

"我对瓷器不太懂,可是母亲很喜欢用来喝茶。"

"这是一只适合女人用的茶碗。"

菊治从自己的话语里十分鲜活地感受到了文子母亲这个女人。

尽管如此,文子为什么把渗入母亲口红的志野茶碗拿来给自己看呢?

菊治弄不明白,这是因为文子太天真,还是太缺乏心计了呢?

只是,文子那种顺从一切的态度似乎也传给了菊治。

菊治将茶碗放在膝头一边旋转,一边瞧着,他尽量避免指头碰到碗口。

"还是收起来吧,假如给栗本婆子看到,又要惹麻烦了。"

"嗯。"

文子将茶碗收到盒子里包了起来。

文子本想拿来送给菊治的,但她似乎不好意思开口。或许她觉得菊治并不喜欢。

文子站起来将小包放到门口。

千佳子从庭院里弓着身子走进来。

"请把太田家的水罐拿来吧。"

"就用我家里的东西吧,太田小姐正在这里呢……"

"说什么呀?就是因为文子小姐在这儿才要用嘛。我不是说了吗?通过这件志野瓷遗物,可以聊一聊太田夫人的往事。"

"你不是很恨太田夫人吗?"

菊治问道。

"我怎么会恨她呢?我只是和她性格不合罢了,我不会去恨一个死者。不过就是因为不投缘,我不理解那位夫人,但另一方面,有时反而能将她一眼看穿。"

"看穿,看穿,这就是你的癖好……"

"也可以不被我看穿嘛。"

文子来到廊下,接着坐到客厅门口。

千佳子耸着左肩,回头看了看。

"我说,文子小姐,让我用一下你母亲的那件志野瓷吧。"

"好呀,请吧。"

文子回答。菊治把刚才放进抽斗里的志野水罐拿了出来。

千佳子将扇子插进腰带,抱起水罐盒子,进了茶室。

菊治也走到客厅门口。

"今早电话里听说你搬家了,吃了一惊,家里的事情,都是你一个人操办的?"

"嗯。是一位熟人买下来的,还算简单。那位相识临时住在大矶,房子很小,要和我换一换。不过,再小的房子我也不能一个人住进去。而且,要是上班,还是租房子住便当些。所以就暂时住在朋友家里了。"

"工作定了没有?"

"没有,真的要做事,我也没有什么特长……"

说着,文子笑了。

"我本来打算等有了工作再来拜访的,既没有房子,又没有职业,孤身漂泊,谁见了都会感到可怜的。"

菊治想说,这样的时候来最好,他本来以为

文子无依无靠,但看样子也并不寂寞。

"我也想卖房子,但一直犹豫不决。不过,我是一心想卖掉,排水管坏了也没修理,榻榻米也都成了这个样子,席子也没能换一换。"

"您不久就要在这座宅子成亲的吧?到时候……"

文子说得很爽快。

菊治看看文子。

"是听栗本说的吧?你想想我现在能结婚吗?"

"是因为我母亲吗……既然她使您如此痛苦,就不要再去想了,母亲的事已经成为过去……"

四

千佳子对于茶道很熟悉,所以早已把茶室收拾停当了。

"您看看和水罐配得起来吗?"

经千佳子这么一问,菊治一时回答不上来。

菊治没有搭腔,文子也不作声。菊治和文子一起看着水罐。

本来是供在太田夫人灵前插花用的,如今又还原为水罐了。

先前太田夫人的手中之物,现在又听任千佳子调用了。太田夫人死后,传给女儿文子,文子又送给了菊治。

这只水罐的命运也算奇特,大凡茶具都是如此吧?

那么在太田夫人之前,这只水罐出现后的三四百年之间,又是为何种命运的人所有,怎样传承下来的呢?

"放到风炉和茶釜旁一对比,志野水罐就像一位美人呢。"

菊治对文子说:

"但是那强健的姿影绝不亚于钢铁啊。"

志野水罐雪白的肌体内透着几分鲜润,光彩照人。

菊治在电话里对文子说,看着这只志野水罐,就想和她见面,也许她母亲的雪肌里含蕴着女人深邃的毅力吧。

天气暑热,菊治敞开茶室的格子门。

文子坐着的背后的窗户,可以看到青青的枫树,浓密的叶荫映在文子的头发上。

文子细长的颈项上半部搏着窗户的亮光,那件短袖衫似乎初次上身,臂膀有点儿青白,双肩圆润而不显臃肿,两支腕子也很圆活。

千佳子也在望着水罐。

"看来水罐只能用在茶道上,否则就失去了生命。插上几支西洋花,真是委屈了它啦。"

"我母亲也用来插过花呢。"

文子说。

"你母亲留下的水罐到了这儿,就像做梦一样。不过,她想必很高兴吧?"

千佳子口气里含着讥刺。

然而,文子却满不在乎,她说:

"母亲也常用水罐插花来着,再说,我也不想学茶道啦。"

"不要这么说嘛。"

千佳子环顾着茶室,说道:

"我一坐到这儿,就觉得心平气定。可以同各方人士充分交流。"

说罢,她望望菊治:

"明年是老爷逝世五周年,到忌日那天,要举行茶会。"

"是啊,把所有的赝品全摆出来,呼朋唤友,一定很愉快。"

"说些什么呀?老爷的茶具没有一样是假的。"

"是吗?不过,全都是假茶具,那也很有趣啊。"

菊治对文子说。

"这间茶室,我总感到有一种腐臭的霉味儿,要是举办一次全部使用假茶具的茶会,说不定能驱散这股毒气。借此以追念父亲,和茶道绝缘。虽然我早已和茶道断绝了关系……"

"你是说,我这个老婆子一向贫嘴贱舌,来这里可以为茶室增添些活气对吧?"

千佳子胡乱地搅动着茶筅[1]。

"唔,就算是吧。"

"可不许这么说呀。不过,您既然结了新缘,断了旧缘也好嘛。"

千佳子说了声茶已煮好,把茶端到菊治面前。

"文子小姐,听了菊治少爷这种玩笑话,你不觉得你母亲的这件遗物送得不是地方吗?我看着这只志野瓷,你母亲的面影似乎就映在上面。"

菊治饮完茶,放下茶碗,倏忽看了一下水罐。

那只漆黑的涂盖[2]上也许映着千佳子的影子吧。

但是,文子却浑然不晓。

菊治不明白,文子是一味顺着千佳子还是故意无视千佳子呢?

---

[1] 茶筅:搅动茶汤使之泛起泡沫的竹刷。将竹段一端劈成丝篾,使其向内蜷曲作猫爪状,形似一只灯泡。
[2] 涂盖:不是与水罐一起烧制的盖子。一起烧制的则称为"共盖"。

文子毫无厌恶之色,她一直在茶室里陪着千佳子,倒也有点儿奇怪。

千佳子谈起菊治的婚事,文子也不介意。

从很早以前起,千佳子就一直对文子母女心怀忌恨,她的每一句话,都是在侮辱文子,可是文子一点儿也不表示反感。

抑或文子将这一切仅仅当作秋风过耳,独自沉浸在深深的悲哀之中吧?

丧母的打击也许超越了这些。

再就是她继承了母亲的性格,对自己对别人都顺乎自然,是个奇妙的清洁无垢的姑娘吧。

然而,尽管千佳子如此忌恨和侮辱文子,却不见菊治极力救助文子。

当菊治觉察这一点后,他想自己才是个奇怪的人。

最后,菊治看到千佳子点好茶,自劝自饮的样子,也觉得颇为奇怪。

千佳子从腰带里掏出手表:

"这样的小手表,眼睛老花了,不合适……请把老爷的那只怀表送给我吧。"

"没有怀表啊。"

菊治一语顶回。

"有。老爷常带在身上呢。去文子小姐家的

时候,不是也带着的吗?"

千佳子故意现出惊讶的神色。

文子低着眉。

"现在是两点十分吧。两根针重合在一起,看上去很模糊啊。"

千佳子又摆起了一副爱干活的架势。

"稻村家小姐召集一伙人,今天下午三点学习茶道。去稻村家之前先路过这里,想讨菊治少爷的回话,以便做到心中有数。"

"那就请明确回绝稻村小姐吧。"

"是的,是的,明确回绝。"

菊治说罢,千佳子笑着含混了过去。

"巴不得叫这伙人早一天到这座茶室里学习茶道呢。"

"那就叫稻村小姐把这座房子买下来吧,反正最近要卖掉的。"

"文子小姐,你也一起去吧。"

千佳子不理睬菊治,转向文子。

"好的。"

"我得快点儿去收拾一下。"

"我帮您。"

"是吗?"

可是,千佳子没有等文子,就立即到水屋去了。

传来哗哗的水声。

"文子小姐,我看算了,不要跟她一道去。"菊治小声说。

文子摇摇头。

"我害怕。"

"不用怕。"

"我就是很怕呀。"

"那就跟她走一段,再甩掉她吧。"

文子还是摇摇头。她站起来,拉平膝窝里衣服的皱折。

菊治正要从下头伸出手去。

他以为文子要趔趄一下,使得文子飞红了脸蛋儿。

听到千佳子提起怀表的事,文子的眼角染上了薄红,这回羞得满面绯红,犹如鲜花盛开。

文子抱着志野水罐进了水屋。

"哎呀,你到底还是把你母亲的东西拿来啦?"

里面传来了千佳子沙哑的嗓音。

两重星

一

栗本千佳子来到菊治家里说,文子和稻村家的小姐都结婚了。

夏季八点半时分,天色还很明亮,菊治吃过晚饭,躺在廊缘上,瞧着女佣买来的萤火虫笼子。青白的萤光不知不觉添上了黄色,天色黑了,但菊治还是没有起来开灯。

菊治向公司拿了四五天假,到野尻湖一位朋友的别墅去了,今天刚刚回家。

朋友已经结婚,有了孩子。菊治对于小孩所知甚少,生下来几天了,长得是小是大,心里完全没数,不知说些什么好。

"这孩子很健壮啊。"

听他这么一说,女主人回答道:

"哪里呀,生下来时又瘦又小,不像样子,最近才长得好一些。"

菊治伸手在婴儿脸前摇了摇。

"没有眨眼嘛。"

"孩子能看见,眨眼还得再大些之后。"

菊治以为小孩生下来好多个月了,其实刚满百日。可不是,这位年轻的妻子头发稀薄,面皮微黄,产后孱弱的神色还留在脸上呢。

一切都以孩子为中心,精心照料好孩子,菊治感到,在这位朋友小两口的生活中,自己是多余的。登上回程的火车,脑子里闪现着那位老老实实的妻子瘦小的身影,她脸色憔悴,没有一点儿血色,浑然不觉地抱着孩子。这个影像始终挥之不去。朋友平时和父母兄弟住在一起,生下头胎孩子不久,就搬到湖畔别墅里来了。妻子终于可以同丈夫单独住在一起,这种安逸的生活使她近乎情痴。

菊治回到家里,如今躺在廊缘上,他想起那位妻子的姿影,依然念念难忘,怀恋之中带有一种神圣的哀感。

正巧,这时千佳子来了。

千佳子毫无顾忌地进了屋子。

"哎呀,怎么躺在这个黑暗的地方?"

接着,她来到菊治脚边的走廊坐下。

"一个人怪可怜的,睡到这儿来,连个开灯的人都没有。"

菊治蜷起腿,稍稍过了一会儿,心情烦躁地坐起身子。

"请吧,躺着好啦。"

千佳子挥挥右手,示意菊治躺下后,郑重地打了招呼。她说去了一趟京都,回来时路过箱根。在京都的师傅家里,见到了大泉茶具商老板:

"很久没见了,这回可是充分地谈论了一番老爷的事。他说要带我看看三谷老爷玩乐的地方,我就跟他到了木屋町一家小小的旅馆。老爷和太田夫人也在那里住过。大泉对我说,不到那里住住吗?真是说浑话。老爷和太田夫人都不在了,就算我胆子再大,半夜里也会有几分害怕的。"

千佳子说出这些事,那才真是浑话呢!菊治一边想,一边沉默不语。

"菊治少爷去了野尻湖了?"

千佳子的口气看来是明知故问,一进家门就问女佣这些事,不等女佣传达来访的消息就闯进来,这是千佳子一贯的做派。

"我刚刚回来。"

菊治不耐烦地回答。

"我三四天前就回来啦。"

千佳子一本正经起来，接着就高高耸起了左肩。

"可是呀，回来一看，发生了一件令人遗憾的事，使我大吃一惊。我太大意了，真是没脸再来见菊治少爷啊。"

千佳子说，稻村小姐结婚了。

菊治幸好躺在黑暗的廊缘上，看不到他一脸惊讶。然而，他却若无其事地应道：

"是吗？什么时候？"

"您倒好沉静，像是在听别人的事。"

千佳子的话里含着讽刺。

"雪子小姐的事，我已经对你反复多次回绝过了。"

"光是口头上吧？还不是想向我故意争个面子吗？好像一开始就不太情愿，只因我这个婆子一个劲儿地张罗、撮合，使人生厌，是吗？可心里头，对那姑娘倒是挺中意。"

"说什么呀。"

菊治笑起来了。

"您还是很喜欢她的吧？"

"确实是个好姑娘。"

"我早就看穿您的心思啦。"

"好姑娘不一定就要和她结婚啊。"

然而，听到稻村小姐结婚了，菊治心里一阵刺痛，脑子里如饥似渴地描画着那位姑娘的面影。

菊治只见过雪子小姐两次。

圆觉寺的茶会上，千佳子为了让菊治看看雪子，特意让雪子点茶。那是一次正统的高品位的点茶，绿树的叶荫映着障子门，雪子振袖和服的肩膀、袖口，还有头发，一片净明，给他留下了深刻的印象。但是，雪子的那副面庞却想不起来了。当时，她使用的红茶巾，还有去寺院茶室的路上，手里拿的绘有白色千羽鹤的桃红绉绸小包裹，如今再一次鲜明地浮现在眼前。

后来还有一次，雪子来菊治家那天，是千佳子点茶。甚至第二天，菊治还依稀觉得茶室留有小姐的余香。小姐那副绘有旱菖蒲的和服腰带，如今虽然历历在目，可是她的身影却很难捕捉。

就连三四年前去世的父母的身影，菊治现在也难以清晰描摹，看到照片，才了然如晤。也许亲人或敬爱的人都很难描摹，而那些丑人、恶人，却都常常完好地留在记忆之中。

雪子的眼睛和面庞闪电般留在抽象的记忆里，然而，千佳子自乳房至心窝的那块黑痣，像癞蛤蟆一样留在具体的记忆之中。

眼下，廊缘一片黑暗，菊治却知道，千佳子

多半穿着那件小千谷绉绸[1]白色长袖衫。即便在亮处，胸前的那块黑痣也无法透视得到，然而，菊治通过记忆，却看得一清二楚。正因为黑得看不见，所以才看得更清楚。

"如果您认为是好姑娘，就不应该放过。因为像稻村雪子小姐这样的人，这个世界上只有一个呀。即便寻找一生，也再没有第二个啦。这个简单的道理，菊治少爷您怎么就弄不明白呢？"

接着，千佳子带着一副教训的口吻说：

"您经验很少，又过于自信。这么一来，菊治少爷和雪子小姐两个人的人生就改变了。小姐本来钟情于您，现在，她嫁了别人，要是生活不幸福，不能说您菊治少爷就没有责任。"

菊治没有回答。

"至于小姐，您也仔细打量过啦，那位小姐一定会后悔，要是几年前就和菊治少爷结婚该多好。那时她一定思念着菊治少爷吧？难道您忍心让她落入这种地步吗？"

千佳子的声音里又在倾吐毒素。

雪子既然已经结婚，千佳子为何还要说这些多余的话呢？

"这是萤火虫笼子吧？现在还有吗？"

---

1 小千谷绉绸：日本新潟县小千谷市织造的绉绸。

千佳子伸出脖子：

"不是快到秋虫笼养的季节了吗？居然还有萤火虫，真像幽灵一样啊。"

"是女佣买来的吧。"

"女佣这号人，就是这么个水平。菊治少爷要是学习茶道，就不会有这等事啦。日本，处处都要讲究季节的呀。"

千佳子这么一说，确实也并非不能说萤火像幽灵。菊治想起野尻湖畔的虫鸣，它们无疑还是那些奇妙地活到今天的萤火虫。

"要是娶了太太，一定不会让您错过季节而尝到悲凉的迟暮之感的。"

于是，千佳子又急忙低声说道：

"我给您说合稻村家的小姐，也是为老爷尽力啊。"

"尽力？"

"是的，再说，菊治少爷只顾躺在暗处观赏萤火，您看，就连太田家的文子小姐不也结婚了吗？"

"什么时候？"

菊治大吃一惊，仿佛一下子差点儿被人绊倒。他甚至比听到雪子结婚还要惊慌失措。他也来不及掩饰内心的惊讶。菊治那种难以相信的心情，都被千佳子一一看在眼里了。

"我从京都回来一看,也一下子呆住啦,两个人约好了似的,一个个,婚事都办完了。年轻人真是欠考虑呀。"

千佳子说。

"文子小姐一出嫁,我想菊治少爷的事就不会有什么阻碍了吧?谁知,那时候,稻村小姐的婚事早就办过啦。稻村家那边,连我也丢尽了脸面,这都全怪菊治少爷太优柔寡断啦。"

然而,菊治仍然不相信文子已经结婚。

"太田夫人死后,依然还在给菊治少爷制造麻烦吗?不过,文子小姐一结婚,夫人的妖气就会从这个家里退走了吧。"

千佳子转脸望着庭院。

"这回倒也清净多了,修剪一下庭园的树木吧。暗乎乎的,树木一个劲儿疯长,密密层层,闷死人啦。"

父亲去世四年了,菊治一直没请花匠来过,庭院里绿叶葱茏,枝条纵横。白天,暑气蒸逼,燠热难当。

"女佣也不浇水吧,这种事,可以使唤她去做嘛。"

"你不用管闲事。"

千佳子的每一句话都使菊治大皱眉头,然而,他只能任她继续唠叨下去。大凡见到千佳子,都是这个样子。

千佳子的话虽然不大中听,但她也是拐弯抹角讨菊治的欢心,想了解菊治的想法。菊治也习惯了她的一呼一吸。他有时公开反驳,有时暗暗警戒。千佳子心如明镜,但她大多佯装不知,偶尔也流露一下,表示她心中有数。

而且,千佳子很少触及菊治意想不到、惹他生气的话题;她总是故意拨撩菊治,专挑那些明知会使他自我嫌恶的事情说给他听。

今晚,千佳子告诉他雪子和文子结婚的事,看来也是想试探一下菊治的反应。她想干什么呢?菊治对此不敢大意。千佳子将雪子介绍给菊治,本来是想使菊治疏远文子,眼下,两个姑娘都出嫁了,此后菊治作何打算,这与千佳子毫不相干;但她还是穷追不舍,一心想探索一下菊治心中的暗影。

菊治本想站起身来,打开客厅和廊缘上的电灯。说起来,这样在黑暗里同千佳子说话,实在有点儿滑稽,他和她也还没到这般亲密的程度。她提到修整院子里的树木,菊治只当是千佳子多管闲事,根本不放在心上。不过,单单为了开灯而爬起来,菊治总觉得提不起劲儿来。

千佳子一进门就提开灯的事,但她也没有主动走过去。大凡这些细枝末节,千佳子往往显得很勤快,这也是她的职业习惯。可是现在,她却懒得为菊治出力。也许因为她上了几分年纪,再就是作为一位茶道师傅,多少也得摆点儿架子。

"京都的大泉商店托我带口信来,说要是这里变卖茶具,可以请他们代为办理。"

千佳子的语调很平缓。

"稻村小姐给逃掉了,这回菊治少爷总该打起精神,迎接新的生活了。那么这些茶具恐怕都派不上用场啦。自打老爷那辈起,我就无事可做了,怪寂寞的。不过,这座茶室只有我来的时候,才打开窗户,通通风的呀。"

哦嗬,原来如此!菊治明白了。

千佳子的目的很露骨。菊治一旦和雪子结不成婚,对她来说,也就没有什么用了。到头来,企图勾结茶具店老板,将茶器一并攫走。她大概是和京都的大泉商店商量好了来的。

菊治与其说是生气,不如说是轻松了许多。

"既然连房子都想卖掉,到时候总会请帮忙的。"

"还是交给老爷那一代的熟人经办才放心啊。"

千佳子又添了句话。

菊治思忖,家中的茶器千佳子比自己知道得还清楚,也许她早已在心中打点好了。

菊治望了望茶室。茶室前面有一棵大夹竹桃,开满了白色的花朵,看过去茫茫一片。天空和院里的树木,界限模糊。暗夜沉沉。

二

下班时分,菊治刚要走出公司的办公室,又被电话叫了回去。

"我是文子。"

对方小声地说。

"哎,我是三谷……"

"我是文子。"

"哎,我知道。"

"突然打电话来,实在对不起了。可是,这件事不打电话道个歉就来不及啦。"

"哦?"

"其实啊,我昨天发了封信给您,可是忘记贴邮票啦。"

"唔,我还没有接到呢……"

"我在邮局买了十张邮票,信发出去了,回来一看,还是十张,真是太糊涂啦。我想无论如何,得赶在信到之前,向您道歉才对呀……"

"这种小事,不必放在心上……"

菊治一边回答,一边想到,这大概是报告结婚的信吧。

"是报喜的信吗?"

"啊?……过去一直是打电话的,这次头一回写信,心想,发不发呢?犹豫了半天,竟然忘记贴邮票啦。"

"你现在在哪里?"

"这是公用电话,东京站的……外面还有人在排队等着呢。"

"是公用电话呀?"

菊治有些摸不着头脑,但还是说了句:

"恭喜啦。"

"什么?……托您的福,好不容易……可是,您怎么知道的?"

"是栗本呀,她特来告诉我的。"

"栗本师傅……她怎么会知道的?真是个可怕的人啊。"

"反正你再也不会见到她了。上回,我在电话里听到了阵雨的响声。"

"您曾经说起过。那阵子，我搬到朋友家住，一时犯了犹豫，不知要不要通知您一声。这回也是一样。"

"这事还是告诉我一声为好。从栗本那儿听闻后，我也正在犹豫，该不该向你贺喜呢。"

"要是天各一方，那也真是可叹啊。"

她那渐次消隐的声音很像她母亲。

菊治一时说不出话来。

"也许要各奔前程了，不过……"

隔了一会儿，又说：

"这是一间很脏的六铺席房间，是和工作一同找到的。"

"啊……"

"顶着大热天上班，真够呛啊。"

"可不是嘛。再说，刚一结婚就……"

"什么？结婚？……您说的是结婚吗？"

"祝贺你呀。"

"什么？我……真讨厌。"

"你不是结婚了吗？"

"啊？我……"

"你没有结婚吗？"

"没有呀。我现在哪里还有心思结婚啊……您知道的，我母亲刚刚去世……"

"唔。"

"栗本师傅就这么说的吗?"

"是的。"

"为什么?我真弄不懂。三谷少爷听了,难道就信以为真吗?"

文子仿佛是自己在对自己说话。

菊治急忙果断地说:

"电话里不好说,见面再说,好吗?"

"好的。"

"我去东京站,请在那里等我。"

"可是……"

"或者约个地方也行啊。"

"我不愿意在外面和人约会,我到府上去看您吧。"

"那我们一起回家吧。"

"一起回去,那还是约好在外面。"

"能到我公司来一下吗?"

"不,我一个人单独去。"

"是吗?那我直接回家。文子小姐要是先到,就请进屋里坐吧。"

文子假若从东京站上车,就要比菊治早些到达。可是菊治总觉得会和文子乘同一趟车的,他在车站上人多的地方寻找文子。

结果还是文子先到他家。

听女佣说文子在院子里，菊治便从大门旁边进入庭院。文子坐在白色夹竹桃树荫下的石头上。

千佳子来后四五天，女佣在菊治回家之前浇一次水。院子里的那个旧水龙头也可以用了。

文子坐的石头，下面看起来湿漉漉的。要是夹竹桃茂密的绿叶之中盛开着红花，那就像炎天里的花朵，可是这棵夹竹桃却开放着白花，使人感到了浓浓的凉意。花丛轻轻摇动，簇拥着文子的身影。文子穿着白色的棉服，翻领和口袋都用深蓝色的布镶上一道细边。

夕阳掠过文子身后的夹竹桃，照到菊治的面前。

"欢迎。"

菊治说着，亲切地走了过去。

文子本想在菊治开口前先说点什么。

"刚才在电话里……"

接着，她缩着肩膀，转身站起来。她想，要是自己坐着不动，菊治说不定会走过来，拉她的手呢。

"因为电话里说起那件事，我就来啦，跟您说说清楚……"

"是结婚的事吗？我大吃一惊呢。"

"吃惊的是……"

文子低下眉来。

"说起来,总之,我听到文子小姐结婚和听到你说没有结婚,两次都大吃一惊。"

"两次?"

"可不是嘛。"

菊治沿着脚踏石走过去。

"从这儿上来吧。进屋里等着我多好啊。"

说罢,他坐在廊缘上。

"前些日子,我旅行回来,正躺在这儿休息,栗本来了,是晚上。"

女佣在屋里招呼菊治。他离开公司时,打电话吩咐准备的晚饭也许做好了。菊治站起身来走过去,顺便换了一件白色高级麻纱布夏衫出来了。

文子也似乎重新补了妆,等着菊治坐下来。

"栗本师傅她说些什么呢?"

"她只告诉我文子小姐结婚了……"

"她的话,三谷少爷真的相信了吗?"

"我根本没想到她会骗我……"

"一点儿也不怀疑吗?"

文子乌亮的眸子立即湿润了。

"我现在能结婚吗?三谷少爷,您难道以为我会这样做吗?母亲和我吃尽了苦头,悲痛还没有消除……"

这话在菊治听来,好像她母亲还活着。

"母亲和我都信任他人,也相信人家会理解自己。看来,这只能是梦想。自己心中的镜子,只能用来照射自己……"

文子泣不成声。

菊治好一阵子默默无言。

"你以为我现在能结婚吗?——上回我对你说过这句话,就是下大雨那天……"

"打雷的那天?"

"是的。今天倒转过来由你说出来了。"

"不是,那……"

"你不老是说我要结婚的吗?"

"哪里呀,三谷少爷和我完全不同啊。"

文子泪眼盈盈地望着菊治。

"您和我不一样。"

"哪点不同呢?"

"身份也不同……"

"身份?"

"是的,身份不同。不过,要是说身份不合适,那就说是身上的暗影吧。"

"就是罪孽的深重……那是我呀。"

"不。"

文子使劲儿摇摇头，泪水溢出了眼眶。但只是一滴，在离开左眼角后，竟然顺着耳根掉落下来了。

"要说罪孽，全由我母亲一道背着进入坟墓啦。但我不认为是罪，那只是母亲的一份悲哀。"

菊治低下头来。

"要是罪孽，也许永远就不会消除，而悲哀终将成为过去。"

"文子小姐所说的身上的暗影，那么，不是把你母亲的死也看成是暗影了吗？"

"还是说'深沉的悲哀'比较合适。"

"深沉的悲哀……"

菊治本想说，这也就是深沉的爱，但又立即打住了。

"比起这个，三谷少爷不是要和雪子小姐结亲吗？这和我可不一样啊。"

文子又把话题转回现实。

"栗本师傅一直认定我母亲会给这门婚事添乱，说我结婚，也是把我当成了绊脚石。只能这么解释。"

"不过，她说那位稻村小姐也结婚了呀。"

文子立即放松下来，她带着一副有气无力的表情。

"撒谎……胡说。这肯定是撒谎。"

说罢,她又使劲儿摇摇头。

"什么时候的事?"

"是稻村小姐婚事吗?……大概是最近吧。"

"肯定是撒谎。"

"她说雪子小姐和文子小姐两个人都结婚啦,这使我反而认为,你结婚也就是真的啦。"

接着,菊治低声说:

"其实,我倒认为,雪子小姐或许是真的结婚啦……"

"瞎说,大热天的,谁会这时候结婚呀。只能穿单衣,还直淌汗呢。"

"这样啊,一般都不在夏天举行婚礼吗?"

"基本是的……虽说不是绝对没有……婚礼一般会挪到秋天举行……"

文子不知为何,莹润的眼睛里再次涌出泪水,簌簌滴落在膝头。她自己瞧着泪水渗进衣服。

"可是,栗本师傅为何要撒谎骗人呢?"

"我也被她诓住了。"

菊治说。

然而,这事为什么会使得文子掉泪呢?

至少,文子的结婚是谎言,这一点可以肯定。

说不定雪子真的结婚了,现在千佳子为了使

文子疏远菊治,就说文子也结婚了。菊治有这样的怀疑。

可是,他总觉得不大可靠,菊治开始认为,说雪子结婚,也同样是撒谎骗人。

"总之,在弄清雪子小姐是否真的结婚之前,还不能肯定栗本是恶作剧。"

"恶作剧?"

"啊,权当是恶作剧吧。"

"不过,今天要是不打电话,您一定认为我是结婚啦,这真是一个不小的玩笑啊!"

女佣又在招呼菊治。

菊治从里面拿着一封信回来了。

"文子小姐的信到啦。没有贴邮票……"

他说罢,就高高兴兴想打开信封。

"不,不,请不要看啦……"

"为什么?"

"我不愿意,请还给我吧。"

文子说着,跪着挨了过去,她想从菊治手里夺回那封信。

"请还给我。"

菊治蓦地将手藏到背后。

文子的左手一下子拄到菊治的膝盖上,想用右手夺回信。由于左右手的动作正好相反,身子失去了平衡,差点儿倒在菊治身上。她赶紧用左手向后支撑着,右手依然向前伸着,想夺回菊治背后的东西。文子向右一扭,半个脸孔几乎倒在菊治的怀里。接着,她轻盈地改换了姿势,就连拄在菊治膝头的左手也只是柔软地接触一下而已。这种轻柔的动作是怎样将先向右转、后向前倒的上半身支撑住的呢?

菊治看到文子一下子倒过来,立即绷紧身子。文子意外轻柔的体态,几乎使他叫喊起来。他强烈地感触到了一个女人!他也同时感触到了文子的母亲——太田夫人。

文子是在怎样的瞬间改换身姿的呢?又是在哪个节骨眼上变得娇弱无力的呢?这是难得一尝的柔情,宛若来自女人本能的奥秘。菊治本以为文子会沉重地压过来,正在这时,文子轻盈地触到了菊治的身子,犹如一阵温馨的春风飘然掠过。

一股异香扑鼻而来,这是夏季里从早到晚劳动一天的女人的体香,多么浓烈!菊治感受着文子的体香,同时感受到了太田夫人的体香,和太田夫人拥抱的体香。

"哎呀,请还给我吧。"

菊治不再坚持。

"我撕啦。"

文子转向一边,把自己的信撕成碎片。她的脖颈和露出的腕子汗津津的。

文子差点儿倒下,改换身姿时,面孔一度青白;坐起身来,面孔又变红了,似乎是这期间渗出了汗水。

三

从附近的饭馆叫来的晚饭千篇一律,没有什么味道。

按照常规,女佣在菊治面前放上了志野茶碗。

菊治立即注意到了,文子也一眼瞥见了。

"哎呀,这只茶碗,还在使用吗?"

"嗯。"

"真难为情啊。"

文子的声音里带着菊治所不能理解的羞耻,说道:

"送给您这件东西,真是后悔。这事我也在信里谈到啦。"

"说了什么呢?"

"没什么,送给您这么一个没用的东西,向您道歉来着……"

"这不是什么没用的东西。"

"这是一件不怎么好的志野瓷,而且母亲一直当作茶杯使用呢。"

"我虽说不太懂,可这不是一件很好的志野瓷吗?"

菊治把筒形茶碗捧在手里端详着。

"可是,比这更好的志野瓷有的是,如果您使用这只茶碗时,想到别的茶碗,以为那一种志野瓷更好些的话……"

"我们家似乎没有这种志野瓷小茶碗。"

"即便府上没有,在别处也会看到的。当使用这只茶碗时,想到别的茶碗,以为还是那种志野瓷更好。要是这样,母亲和我会很难过的。"

菊治不由一惊,一时说不出话来。

"我已经和茶道无缘,也不会再见到茶碗了。"

"说不定会在哪里见到,您过去不是也看见过更好的茶碗吗?"

"你的意思是送人就要送最好的东西。"

"是的。"

文子爽利地抬起头,直视着菊治。

"我是这么想的。我想请您把这只茶碗打碎扔掉,信里也写到了。"

"打碎?扔掉?"

面对步步进逼的文子，菊治只好绕着弯子回答她。

"这是一只古窑烧制的志野瓷器，恐怕有三四百年了。当初也许是在酒宴上用来盛生鱼丝之类，并不是作茶碗、茶杯使用的。自打用来作为小茶碗使用后，时间也很久了。古人珍视它，代代相传下来。或许还有人将它放在旅行茶具盒里，浪迹远方。可不能照文子小姐的想法，随便毁掉它啊。"

碗口接触嘴唇的地方，还渗进了文子母亲的口红。

口红浸入碗口，揩也揩不掉，母亲似乎对文子说过。菊治得到这只志野茶碗后，将碗口沾上污垢的地方洗了又洗，也没有洗掉。当然，那已经不是口红的颜色，而是薄茶色，中间渗着微红，看起来也像口红褪了色留下的陈迹，也可能是志野瓷本身的微红。此外，若用作茶碗，嘴唇接触的地方是固定的，也有可能是文子母亲以前的所有者留下的口垢。不过，平时太田夫人当作茶杯使用的时间或许最久。

太田夫人把这个当作茶杯使用，是自己想出的主意吗？也许是菊治的父亲想出来的，让夫人试着用的吧？菊治这般思忖着。

他也怀疑过，了人的这对黑红筒形茶碗，太田夫人和菊治的父亲莫非是当作夫妇茶碗，代替茶杯一直使用过来的吗？

父亲使太田夫人用志野水罐当花瓶使用，插上玫瑰和康乃馨，用志野筒形茶碗作茶杯，看来，父亲有时候是把她看作美的化身吧？

两人死后，这水罐和筒形茶碗都到菊治这里来了，如今，文子也来了。

"我不是一时心血来潮，我是真心地请您把那东西打碎，扔掉。"

文子说。

"送给您水罐，看您很高兴地接受了，便想到还有一只志野瓷，就送给您当作茶杯使用了，后来想想，实在有些难为情啊。"

"这只志野瓷不该当成茶杯用吧，那样真有点儿可惜啦……"

"不过，好的志野瓷多得很呢。让您用这个，您还会想到别的更好的志野瓷，那样的话，我可受不了啊。"

"你是说，送人要送最好的东西，对吗？"

"这要看对象和场合。"

菊治一阵强烈的震动。

大凡作为太田夫人的遗物，文子总希望都是

最好的东西，这是因为菊治见了它会由此想起夫人和文子，或者进一步亲近它，接触它。

只有最高级的名品才能当作母亲的遗物，文子的话表达了她的这个心愿，菊治也能理解。

这就是文子至高无上的的感情，眼前的水罐即是明证。

志野瓷冷艳、温馨的肌肤，让菊治立即联想起太田夫人。然而，那上面之所以没有伴随罪孽的黑暗和丑陋，或许水罐是名品的缘故。

看到这只名品级别的遗物，菊治感到太田夫人更是女人中的名品了。名品是和污浊不相容的。

下大雨那天，菊治在电话中说，他一看到水罐，就想见文子一面。他在电话里，才敢说这种话。文子说，还有一只志野瓷，于是就把筒形茶碗带到菊治家里来了。

是的，这只茶碗不像那只水罐，这不是名品。

"听说我家老子也有旅行茶盒……"

菊治回忆着说。

"一定是放着比这只志野瓷更差的茶碗吧？"

"那是什么茶碗呢？"

"这个，我从来没见过呀。"

"我真想见识一下啊，老爷的东西肯定很好。"

文子说。

"这只志野瓷要是比老爷的那只差,就干脆摔了吧?"

"好叫人为难呀。"

饭后吃西瓜,文子灵巧地把瓜子先剔出来,她又催促菊治,说想看看那只茶碗。

菊治叫女佣打开茶室,自己来到庭院。他想去找茶具盒,文子也跟着他来了。

"我也不知道搁在哪里了,栗本知道得很清楚……"

菊治回头望望,那棵白色夹竹桃繁花如雪,文子站在花荫下,她穿着院子里的木屐,树根旁边露出她脚上的白布袜子。

茶具盒放在水屋旁边的搁板上了。

菊治走进茶室,把茶具盒放到文子面前。文子正襟危坐,以为菊治会打开小包,等了一会儿,这才伸出手去。

"让我看看。"

"灰尘积得很厚啊。"

菊治抓住文子解开的包袱,站起身将包袱朝向庭院掸了掸。

"水屋的搁板上有一只死蝉,聚满了虫子。"

"茶室是干净的。"

"是的,前几天,栗本来打扫过了。就是那次,她告诉我,你和雪子小姐都结婚了……因为是晚上,可能无意之中把蝉关进去了。"

文子从茶具盒里拿出裹着茶碗的小包,深深含着胸,解开袋子上的细绳,手指微微颤动。

文子向前耸峙着浑圆的肩膀,菊治在一边俯视着她,她那细长的脖颈更加显眼了。

稍稍兜起的嘴巴,一味紧闭着的下嘴唇,以及未戴耳饰的肥厚的耳垂,令人怜爱。

"是唐津瓷[1]。"

文子抬头看看菊治。

菊治也坐到近旁来了。

文子将茶碗放在榻榻米上。

"真是一只好茶碗。"

依然是茶杯式的、筒形的唐津瓷小茶碗。

"坚实而又严整,比那只志野瓷高贵多啦。"

"不好这样相比,志野和唐津……"

"不过,两个摆在一道,一看便知。"

菊治被唐津茶碗的魅力所吸引,拿过来放在膝头把玩。

"再把志野瓷拿来看看吧。"

"我去拿。"

---

1 唐津瓷:佐贺县唐津,于室町时代(1338—1573)开始制瓷,桃山至江户初期最为发达。

文子起身走了过去。

志野和唐津两相摆在一起时，菊治和文子蓦然对视了一下。

接着，眼睛同时落在茶碗上。

菊治连忙说道：

"这是男茶碗和女茶碗，如此搁在一起……"

文子一时说不出话来，只是点点头。

菊治也觉得自己的话有些异样。

唐津瓷不着花纹，素底。微带枇杷黄的青色里含着茜红，造型刚劲有力。

"行旅之中也带在身边，可见是老爷很喜欢的茶碗，它很像老爷。"

文子说了一句险话，但她似乎没有意识到是险话。

志野茶碗很像文子的母亲，菊治没能这么说。但是，两只茶碗一起摆在这里，就像是菊治父亲和文子母亲的两颗心一般。

三四百年以前的茶碗的造型是健康的，不会诱发人们病态的幻想，但是具有生命的活力，甚至会给予人们官能的刺激。

当他把自己的父亲和文子的母亲看作两只茶碗的时候，菊治感到，仿佛两个美丽的灵魂并排而立。

而且，茶碗的姿态是现实的，他俩围着茶碗对坐，菊治感到自己和文子的现实也是清洁无垢的。

他俩相向而坐，也许是可怕的事——太田夫人"头七"的次日，菊治曾经对文子这样说过。然而，今天这种罪孽引起的恐惧，也一起被茶碗的肌体抹消殆尽了吧？

"真漂亮啊。"

菊治自言自语地说。

"父亲本没有什么雅兴，也爱摆弄茶碗什么的，这也许是为了麻痹种种罪孽的心灵吧？"

"说些什么呀？"

"但是，一看到这只茶碗，就不会再想到原来主人的坏处了。父亲的寿命十分短暂，只相当于这只传世茶碗的几分之一……"

"死，就在我们脚下，真可怕。尽管死神在我们身边徘徊，我也不能永远沉浸在丧母的痛苦之中不能自拔。为此，我也做出了各种努力。"

"是呀，要是被死者缠绕不放，就会感到自己也没有活在这个世界之上。"

菊治说。

女佣拎着水壶等物件进来了。

她估摸着，菊治他们在茶室里待得太久了，可能需要用开水点茶了。

菊治劝文子,就用这里的唐津和志野茶碗,权且作为行旅之人点一次茶。

文子顺从地点点头。

"摔碎母亲这只志野茶碗之前,您再用上一次,留个纪念吧。"

说罢,她从茶具盒拿出茶筅,到水屋里冲洗。

夏日,黄昏尚未降临。

"人在旅途……"

文子喃喃自语,她在小茶碗里不停转动着小茶筅。

"既然是旅行,是住在哪里的旅馆吗?"

"不一定住在旅馆,也可以是河岸,也可以是山野。也许用溪谷流水,点一碗冷茶更有情趣……"

文子举起茶筅时,抬起黑色的眼眸,瞟了菊治一眼,随后立即将那只唐津瓷捧在掌心,全神贯注地转动着。

然后,文子的眼睛和茶碗一起送到菊治的膝前。

菊治感到文子也随之流动过来了。

接着,她把母亲的那只志野瓷放到面前,茶筅碰在茶碗边沿上,嘎啦嘎啦作响,文子停住了手。

"真难办呀。"

"碗太小,不大好调吧?"

菊治说。文子的手仍在颤抖。

而且,她一旦停下手来,就不想在那只小茶碗里,继续转动茶筅了。

文子盯着僵硬的腕子,久久低着头。

"母亲不让我点茶。"

"什么?"

菊治霍然而起,仿佛要解救一个被咒语钉住、动弹不得的人,一把抓住文子的肩膀。

文子没有抵抗。

四

菊治未能成眠,等到挡雨窗缝隙里露出亮光,他便向茶室走去。

净手盆前边的石头上依然散落着志野茶碗的碎片。

较大的碎片有四块,在掌心里拼起来,就合成了一只茶碗。只是边缘上有个拇指大小的缺口。

他在石头缝里寻找着,看还有没有碎片,但立即又作罢了。

抬头一看，东边树木之间，闪耀着一颗巨大的星。

菊治已经好几年没见到启明星等星辰了。他想到这里，赶紧起来眺望，这时空中罩上了云彩。

星星在云层里闪烁，看上去显得更大。光环的外围，似乎水蒙蒙的。

菊治看到这颗朗洁的明星，方觉得捡拾和拼凑茶碗的碎片，是多么没有出息啊。

他把手里的碎片随即扔在那里了。

昨晚，菊治来不及劝阻，文子就把茶碗摔在净手盆上，打碎了。

文子一阵风似的走出茶室，菊治没有留意她手中的茶碗。

"呀!"

菊治惊叫了一声。

茶碗的碎片散落在黑漆漆的石板缝里，他顾不得寻找，而是连忙扶住了文子的肩膀。文子是蹲在地上摔的，她的身子差点儿倒在净手盆上。

"还有比这更好的志野瓷的。"

文子自言自语。

有了更好的志野瓷，菊治要是去对照，也许会使她很伤心吧?

菊治一时难眠，文子的话语深含着哀挽而纯

洁的余韵，在他心里幽幽不绝。

院子里一亮堂起来，他就去看打碎的茶碗。

然而，看到星光之后，又把拾到的碎片扔掉了。

接着，抬起头来。

"啊！"

菊治叫了一声。

星光没有了。原来在菊治看着丢弃的碎片的一刹那，启明星早已躲到云层里了。

菊治仿佛遭到了洗劫似的，久久凝望着东边的天空。

云彩并不很厚，却不见星星的踪影。天边的云层断了，城市的屋顶笼罩着淡淡的红晕，越来越浓了。

"不能扔到这儿。"

菊治独自嘀咕着，他又拾起志野瓷的碎片，揣进睡衣的怀里。

扔在那儿太叫人难受了。再说，要是栗本千佳子走来看到了，也会大发牢骚的。

菊治思忖，文子像是经过深思熟虑之后才打碎的，所以，他不保存碎片，就埋在净手盆旁边吧。可他还是包在纸里，放进壁橱，然后又钻进了被窝。

文子究竟担心菊治会拿什么样的东西同这只志野瓷相比较呢?

这种担心究竟是打哪里来的呢?菊治感到困惑不解。

何况,昨夜今朝,菊治从未觉得可以把文子和什么人加以比较。

在菊治眼里,文子是个无可比较的绝对存在,具有恒定的命运。

以往,他总是认定文子是太田夫人的女儿,如今,他似乎把这些也忘记了。

母亲的身体微妙地转移到女儿的身体,由此诱发菊治的种种奇思怪想,如今这些也变得无影无踪了。

菊治摆脱了长久的黑暗和丑恶的帷幕。

莫非文子纯洁的哀伤拯救了菊治吗?

没有文子的抵抗,只有纯洁本身的抵抗。

那才是使他沉入诅咒和麻痹的深渊之物,而菊治反而感到从诅咒和麻痹之中逃脱出来了。犹如一个中毒者,最后服了极量的毒药,从而获得奇迹般的解毒效果。

菊治一到公司就给文子工作的店铺打电话。听说文子在神田一家呢绒批发店上班。

文子没有到店里来。菊治因为睡不好觉,提

早来上班了，难道文子早晨还沉眠未起吗？菊治想，她今天是否因为羞愧，闷在家里不出门呢？

下午打电话，她还是没来。菊治向店里的人问了文子的住址。

昨天的信里，她应该是写了搬到什么地方去的，可是文子连信封一起撕破，装进口袋。吃晚饭时，谈到文子的工作，菊治这才知道那家呢绒店的名字，可是住址忘记问了。因为文子的住址似乎已经移居菊治心中了。

菊治下班回家的路上，找到了文子租住的房子，位于上野公园后头。

文子不在家。

一个十二三岁的小姑娘，放学回家依然穿着水兵服，走出大门，又折了回去。

"太田姐姐今天早晨说和朋友出去旅行，不在家。"

"旅行？"

菊治又叮问一句。

"是出外旅行吗？早晨几点走的？没说到哪儿去了吗？"

小姑娘又跑回家，这回稍稍从远处说道：

"不知道，妈妈不在家……"

她畏畏缩缩地跟菊治说话，这是个眉毛淡薄

的女孩儿。

菊治跨出大门又回头看看，弄不清文子住在哪一间。庭院狭窄，是座小巧的二层楼房。

死就在脚下——文子的话使得菊治两腿发软。

他掏出手帕擦擦脸，每擦一次，就似乎失去些血色，可他还是擦个不停。汗湿的手帕显得又薄又黑，他感到背后的汗水一阵冰凉。

"她不会死的。"

菊治对自己说。

文子既然给了菊治重新生活的信心，她总不至于去死。

然而，昨日的文子不正是死的直接表露吗？

抑或，这种表露来自惧怕自己和母亲一样成为罪孽深重的女人吧？

"让栗本一个人活下来……"

菊治仿佛面向这个假想敌，深深吐了一口自己的恶气。说罢，他急急向公园的林荫里走去。

波千鸟

波千鸟

一

前往热海车站迎接客人的车子通过伊豆山，不久就朝大海方面兜着圈儿向下行驶。车子进入旅馆的庭园。玄关的灯光映照着倾斜的车窗，越来越近了。

在那里等待的伙计打开车门，问候道：

"请问，是三谷夫人吧？"

"是的。"

雪子小声回答。这是因为横向停下的车子里，雪子的座席靠近玄关，今天又刚刚举行婚礼，头一回有人用"三谷"的姓氏称呼她。

雪子略显迟疑，还是最先下了车。她回首望了望车厢，等待着菊治。

菊治就要脱鞋，伙计说道：

"茶室已经准备好了，栗本先生打来了电话。"

"啊?"

菊治一屁股坐在低矮的门内地板上。女佣连忙拿着坐垫跑过来。

千佳子从心窝扩展到乳房的黑痣,犹如恶魔的掌印浮现于菊治眼前。他抬起正在解鞋带的脸孔,仿佛看见那只黑手就在前面。

菊治去年卖掉房子,茶具也处理了。按理不会再同栗本千佳子见面了,关系也会变得疏远起来。不料,他和雪子的这桩婚姻,似乎依然有千佳子的手在活动。他实在没想到,千佳子连新婚旅行的饭店房间都指点到了。

菊治看看雪子的脸,雪子对伙计的话似乎没怎么在意。

两人被人带领,从玄关沿着长长的回廊走向海边,犹如钻入褊狭的隧道,不知向下抵达何处。在这条钢筋混凝土筑成的细长的通道上,有好几处阶梯,看来途中连接着配殿似的厢房,走到尽头就是茶室的后门。

进入八铺席房间,菊治正要脱去外套,雪子从身后随手接过去,他不由哦了一声,回头看看。这是新婚妻子最初的动作。

桌腿旁边开着炉叠[1]。

---

[1] 炉叠:榻榻米房间中央的炉膛所占的半铺席。

"那边三铺席大的正式茶席上,已经架起了水锅……"伙计把两人的行李放置好之后说道,"虽说没有什么好茶具。"

"那边也有茶席吗?"

菊治感到很惊讶。

"连同这间客厅,共有四间茶席。开间是在横滨三溪园[1]当时的布局,直接整个搬过来了。"

"是吗?"

菊治还是有些不明白。

"夫人,那边是茶席,请自便……"

伙计对雪子说。

"等会儿看看。"

雪子叠着自己的大衣,说罢站起身子。

"大海真漂亮啊。轮船掌灯了。"

"是美国军舰。"

"美国军舰进入热海了?"

菊治也站了起来。

"是小军舰。"

---

[1] 明治豪商原富太郎(号三溪),于横滨市本牧三之谷海岸,开辟幅员广大的庭园,名"三溪园"。原三溪名满天下,他既是古董收藏家,又是深具鉴赏力的保护者,也是卓越的茶人(茶道师傅)。他不但将纪州德川家别邸和伏见城遗址移筑于三溪园内,还把织田信长之弟——茶人织田有乐的茶室春草庐移建于此。如今三溪园作为一般公园开放,每天游人如织。

"有五艘哩。"

军舰中央挂着红灯。

热海的街灯被小小的地岬遮挡了,只能看到锦之浦一带。

伙计打了个招呼便和沏茶的女佣一同离开了。

他们两个悠然地望着夜间的海面,又回到火钵旁边。

"好可怜啊。"

雪子把手提包拉到身旁,取出一朵玫瑰花,将压挤的花瓣儿舒展开来。

离开东京站时,雪子觉得抱着花束上车有些难为情,随手交给送行的人,这是当时人家又还回来的一朵。

雪子把花放在桌子上,看到桌面放着寄存贵重品的纸袋,问道:

"要存什么吗?"

"贵重品?"

菊治伸手拿起玫瑰。

"玫瑰?"

雪子望着菊治。

"不,我的贵重品很大,纸袋哪能盛得下。再说,也不能交给别人保管。"

"为什么?"

说罢,她似乎马上意识到了,接着说:

"我的也不能寄存。"

"在哪儿?"

"这儿……"

雪子大概不好意思指着菊治,只能望着自己的胸口,也不抬头。

对面茶室传来锅里的水沸腾的声音。

"要看看茶室吗?"

雪子点点头。

"我不想看。"

"人家特意准备了……"

雪子从茶道口[1]进去,按照茶道程序,参观了壁龛。菊治呆立在踏入叠[2]上,一个劲儿发牢骚:

"说什么特意,这里的布置还不是遵照栗本的意图吗?"

雪子回头看看,走到炉前坐下来。这里是点茶人的席位,她双膝朝向火炉,静静地安坐着,随时等菊治再说些什么。

菊治也双膝靠近炉前坐了下来。

"我本不想再提这件事的,在旅馆门口听到说起栗本,我大吃一惊。我的罪孽和悔恨全都缠绕

---

1 茶道口:茶室主人的出入口。
2 踏入叠:位于茶室茶道口前的铺席。

在那个女人身上……"

雪子似乎点了点头。

"栗本现在还常到你家里去吗?"

"打从去年夏天惹怒父亲,她很长时间没来了……"

"去年夏天?那时栗本对我说,雪子小姐已经结婚了。"

"哎呀。"

雪子似乎想起来了:

"准是那个时候。师傅当时前来商谈另外人家的事……父亲大发雷霆,说只能听一个媒人提一户人家的亲。如果前一户人家不成,就来再提另外人家,我家女儿绝不应承。不要再愚弄我们了!后来,我非常感激父亲。我能嫁到三谷家里,父亲的一番话起了很大作用。"

菊治默不作声。

"那时师傅也还不罢休,她说,三谷少爷像着了魔,而且还谈起太田夫人的事。真叫人扫兴,越听越令人浑身发抖。听了这种可厌的事,怎么会一个劲儿抖个不停呢?后来想想我才弄明白,那是我一心一意想嫁到三谷家里的缘故。可当时,我在父亲和师傅面前不住打哆嗦,真叫人难为情啊!父亲似乎瞧了瞧我的脸色,对她说:'冷水热水都好喝,唯独温暾水不好喝。女儿在你的介绍下,得以会见三谷君,我想她自会有判断的。'经这么一说,才将师傅打发走了。"

烧热水的人似乎来了,传来向浴池里放水的声响。

"这件事虽说使我很痛苦,但我最后自行做出了判断,所以师傅的事无须在意,即便坐在这里点茶,我也很平静。"

雪子仰起脸来,眼里映射着微小的电灯,看到她那绯红的面颊和口唇闪耀着光亮,菊治不由感到一股绵绵情意。本是一团美丽的火焰,一旦接触,浑身渗透着不可思议的温馨。

"记得那时雪子你系着旱菖蒲的腰带,当是去年五月光景。你到我家的茶室来,那时我以为,你永远都是彼岸伊人。"

"因为您当时看样子显得很痛苦。"

雪子说罢,微微闪露着笑容。

"您还记得旱菖蒲腰带?那旱菖蒲腰带也打进行李了,应该在家里。"

雪子对自己对菊治都使用"痛苦"这个词,但雪子痛苦之时,正是菊治到处寻找文子之际。菊治曾经出乎意料地收到文子从九州竹田町寄来的长信,菊治也曾去过竹田一趟。打那之后到现在一年半了,依然不知道文子的下落。

文子给菊治的信,劝说菊治忘掉母亲与自己,同稻村雪子结婚,绵绵深情,也是向菊治作别。永远的彼岸伊人,雪子和文子似乎调换了位置。

永远的彼岸伊人,这个世上或许是不存在的。菊治至今还在想,这个词是不能滥用的。

二

回到八铺席房间,桌上放着相册,菊治打开来看。

"啊,原来是这所茶室的照片。还以为是蜜月旅行的新婚夫妇们的影集呢,真是有点儿令人吃惊。"

说完,他向雪子那里望去。

相册的开头,贴着茶室由来的说明。这所寒月庵[1],本是往昔江户十人众[2]河村迁叟[3]的茶室,

---

1 寒月庵:未详。或作者依据织田有乐之春草庐所虚构的茶室。
2 江户十人众:选出住在江户的十位富豪,管理幕府财政。外地巨贾,即使在江户设有商店亦不可在其列。
3 河村迁叟:即河村瑞贤(1618—1699),江户前期商人。伊势人,或作瑞轩。入江户,成为材木巨商。

后来迁移到横滨三溪园。在那里遭到空袭,屋顶被炸穿,墙壁坍塌,户牖和隔扇四处飞散,地板破败不堪,一派惨象,孤立腐朽。据说最近才搬到这家旅馆的庭园里来。因为是温泉旅馆,新设了浴场。此外,皆按原来布局,尽量利用古木旧材。战争结束时节,或许因燃料不足,附近的人们把废弃的茶室的木材当柴烧了吧,房柱等物上还保留着砍刀的印痕。

"说是大石内藏助[1]游历过这座茶庵……"

雪子边读边说。

这是因为迁叟时常出入于赤穗藩[2]门下。还有,迁叟保有的名为"残月"的荞麦茶碗[3],作为"河村荞麦"传承下来,人们便把薄绿釉和薄黄色彩相互出现的景色,铭记为"晓空残月"。

有几张三溪园遭空袭后茶室的照片,其余是自搬迁后茶室开始修葺至举办落成典礼茶会的照片。这些照片都按顺序排列下来。

要是大石良雄来过此处,那么这座寒月庵建成,最晚也得在元禄年代。

---

1 大石内藏助:即大石良雄(1659—1703),赤穗义士事件中的领导者,率领众浪人杀死仇敌吉良,为主报仇雪恨。
2 赤穗藩:江户时代,领有播磨国(今日本兵库县)赤穗地方的藩阀。
3 荞麦茶碗:朝鲜茶碗之一种。基底色似荞麦,故名。

菊治环顾室内，这里几乎都是新木料。

"刚才那座茶室的房柱像是原来的。"

两人待在三铺席房间的时候，女佣来关挡雨窗，茶室的照片或许就是那时放置的。

雪子久久翻阅着相册，说道：

"不换衣服吗？"

"你呢？"

"我是和服，这样就行。趁着您入浴，我会把人家送的点心拿出来摆在这儿。"

浴室散发着新木的芳香。从浴池、冲洗间、墙壁到天花板，木板颜色柔和，呈现美丽的纹理。

女佣顺着长长的通道走下来，听到她的说话声了。

菊治从浴场回来，雪子不在了。

八铺席的茶室，收起被褥，桌子也挪到一边去。女佣干活的当儿，雪子或许躲到刚才那间三铺席的房间去了。

"炉火就那样可以了吧？"对面传来她的声音。

"可以了。"

菊治回答完，雪子立即走回来。好像别处没有值得看的，她看看菊治：

"轻松了吧？"

"这个……"

菊治换上旅馆的袍服,套上夹袄,他瞧着自己的模样儿。

"去洗吧,泉水好舒服呢。"

"嗯。"

雪子朝着右首的三铺席走去,好像从旅行包拿出了什么。她又打开八铺席的障子门坐下来,身后廊下放着化妆盒,她默默双手着地,涨红了脸孔,对着菊治鞠了一躬。接着,她脱去戒指,放在镜台上出去了。

雪子出乎意料的礼仪,使得菊治几乎要"啊"了一声。他觉得雪子好可爱。

菊治站起来,瞧着雪子的戒指。结婚戒指原样放在那里,他拿起那枚墨西哥蛋白石回到火钵旁边。他对着电灯光照了照,宝石里面散射着红、黄、绿的小亮点,熠熠生辉,时动时灭,时而光耀夺目。透明的宝石内部闪动着摇曳的火焰,紧紧吸引着菊治。

雪子出了浴场,进入右首三铺席房间。

八铺席茶室的左侧,隔着狭长的走廊,有两间分别为三铺席和四铺半席的茶室。右侧也有一间三铺席茶室,这右首的三铺席,是女佣存放两人旅行包的地方。

雪子在那里已经待了好久,看来是在折叠

和服。

"这里能敞开些吗?好怕人哩。"

雪子站起身走过来,将菊治所在的八铺席和三铺席的障子门,各打开一尺多宽的空当。

菊治也注意到了,只有他们俩住在距离堂屋八九米远的厢房内,雪子望着透着灯光的地方。

"那里也是茶室吗?"

"是的。那或许是圆炉[1],木板上嵌着圆形铁皮炉子……"

随着一声回答,菊治同时透过障子门一端,只见雪子折叠的内衣的裙裾在闪动。

"千鸟[2]……"

"是的。千鸟是冬季的鸟,所以把它染在衣服上了。"

"是波千鸟啊。"

"波千鸟?……确实是波上的千鸟。"

"叫夕波千鸟吧。和歌里写着:'夕波千鸟漫长鸣,'[3]……"

"夕波千鸟……波中千鸟戏水的花纹,叫作波千鸟吗?"

---

1 圆炉:寺院客厅常见的铁制圆形火炉,正式茶室不用。
2 千鸟:指鸻科鸟类。
3 《万叶集》(卷三)第一歌人柿本人麻吕的歌:"淡海之海夕波涌,千鸟戏水漫长鸣。心中渐生,思古幽情。"

雪子不慌不忙地说着,千鸟裙裾一下子叠好了,消隐了。

三

抑或是旅馆上空传来的火车的汽笛声,蓦地惊醒了菊治的梦境。

较之刚刚天黑,车轮的轰鸣听起来很近,汽笛高扬,知道依然是深夜。

那声音并非大到把人惊醒的程度,但到底还是被惊醒过来。奇怪的倒是菊治自己怎么会睡着了呢?

他比雪子更早酣然入梦。

然而,菊治听到雪子沉静的鼻息,这才安下心来。

雪子也是因为婚礼前后几天太累,睡着了吧。菊治一旦临近婚礼,因动摇和悔恨,每晚都睡不着觉。雪子也无疑为一些事经历过同样的失眠。

雪子睡在身旁这种事,似乎是不可能的,然而,雪子平时的馨香就在这里。

那是什么香水?雪子的体香,雪子的气息,还有雪子的戒指和千鸟戏水的衣纹……菊治将这些似乎都能看成是自己之物。此种亲密之情,纵然于夜阑梦醒后充满不安的睡眼里也没有消失,这是初次体验到的感情。

但是,菊治没有勇气打开电灯看看雪子,他拿起枕畔的钟表走进洗手间。

"五点多了?"

对太田夫人和女儿文子来说自然而无阻碍的事情,为何在雪子身上,菊治就会感到可怖而异常呢?是良心上的抵触,还是对雪子的卑怯心理,或是太田夫人和文子征服了菊治呢?

照栗本的说法,太田夫人是魔性女子。就连千佳子今晚预定的房间,对于菊治也是稍稍带有可怕意味的圈套。

菊治怀疑雪子身穿平素不大上身的和服前来,也是出于千佳子的旨意。就寝前,他若无其事地问道:

"旅行为何不穿西装呢?"

"也只是今天,听说穿西装有点儿叫人扫兴。头两次会面也都是在茶室里穿和服。"

他没有问是谁说的,菊治再次思忖,雪子穿千鸟图案的衣服来蜜月旅行,也是千佳子让她印染的吧?

"刚才提到的夕波千鸟的和歌,我很喜欢。"

菊治随口应付过去了。

"什么和歌?"

菊治迅速念叨一声:是人麻吕的和歌。

他用温柔的手抚摸一下新娘子的后背。

"啊,真难得。"

他不由说道。菊治担心雪子受到惊吓,尽量对她表示一下温存。

清早五时醒来,菊治于不安与焦虑之中,依然强烈感到雪子对自己很是难得。菊治感到,单凭雪子宁静的呼吸和幽微的体香,就能使他获得甜蜜而温馨的赦免。这虽然是个人的自我陶醉,然而,只有女人的恩惠才会给予极恶的罪人以宽宥。一时的感伤也罢,麻痹也罢,总是来自异性的救赎。

菊治觉得,纵然明日就同雪子别离,自己一生也感戴不尽。

不安和焦虑一旦有所缓和,菊治随即感到满心寂寥。雪子或许也在为不安和决心而害怕吧?菊治想将她摇醒再度拥抱她,但他终于没能这么做。

涛声时时传来,看样子天亮前再也睡不着了。但菊治还是睡了一会儿,醒来后,明丽的朝阳照在障子门上。雪子不在了。

莫不是逃回家了？菊治猛然一惊。已经九点多了。

打开障子门一看，雪子坐在草地上了。她双手抱膝，眺望大海。

"我睡着了，你什么时候起床的？"

"七点左右。伙计前来烧水，把我吵醒了。"

雪子回过头来，涨红了脸庞。今朝她换穿了西装，胸前插着昨夜的红玫瑰。菊治随即舒了口气。

"那玫瑰倒是没有枯萎呢。"

"昨晚入浴时，我插在洗手间的杯子里了，您没看到吗？"

"我没看到。"菊治回答，"你已经洗过澡了？"

"嗯。刚才起床后，感到有些坐立不安。只好轻轻打开防雨门，来这里一看，只见美国军舰正在驶回去。黄昏前来游乐，一大早回归。"

"开着军舰来游乐，真是怪事。"

"听这里的造园人说的。"

菊治打电话告诉账房已经起床，他洗罢澡就来到草地上。气候和暖，不像是十二月半。他吃过早饭，坐在走廊里晒太阳。

大海闪耀着银白的光芒，看着看着，向阳的地方随时间而移动。从伊豆山朝热海方向，小小地岬般的隆起部分重重叠叠。山脚处奔涌而来的波浪,闪光之处也在不停变化。

"天空明亮,似乎星星在闪光。就是那下面的海水,瞧,那里。"雪子说罢,伸手指着那边,"像是蓝宝石上的星光……"

星星闪闪烁烁,发出团团光亮,映照在眼下的海面上,随处浮泛着点点光明。因为很近,波光之间保持着距离,而远海明镜般的闪亮,抑或就是这些星光的集合。凝神远望,远方的光群也在跳跃不息。

茶室前边的草地狭小,再向下,可以看到草地一端已经泛绿的夏橘的枝条。这里到海边有一段缓缓的斜坡,海岸边生长着一排排松树。

"昨夜仔细观察了戒指上的宝石,实在美丽……"

"毕竟是宝石嘛。那波光就像蓝宝石或红宝石上的星光,而最像钻石的光亮。"

雪子朝自己的戒指瞥了一眼,又遥望着海水的闪光。

这番景色很符合关于宝石的话题,他们二人或许也有这样的时间。但有些事不允许菊治沉浸于幸福之中。

卖掉父亲的房子,虽说可以带着雪子回到简

陋的家中，但提起那里的新家，菊治依然不能算是真正结婚。还有，一旦互相回忆起往昔，菊治如若有意抛开太田夫人、文子和栗本，那只能是谎言。两人似乎都无法提及未来和过去，就连当下的话题，菊治也碍难开口。

雪子在想些什么呢？她那阳光映照下的无拘无束的面颜，抑或在给菊治以关爱吧。要是这样，新婚之夜，她也应该能体验到菊治的温情。

菊治心中不安，他想走动一下。

他们预计在这家旅馆住两个晚上，中午到热海饭店吃午饭。餐厅窗户下边，叶片破败的芭蕉悄然而立，对面是一簇苏铁。

"小时候，我曾经随父亲来这里过年，苏铁和那时一样。"

雪子环顾一下这座面对大海的庭园。

"我父亲经常来这里，如果当时我也常跟着他来。说不定能见到小时的雪子呢。"

"什么呀，才不会呢。"

"幼年相逢，不是很有趣吗？"

"要是小时候见过面，也许我不会结婚的。"

"为什么？"

"小时候，我好像很聪明。"

菊治笑了。

"父亲经常这么说呢。他说:'你小时很聪明,渐渐变笨了。'"

雪子姐弟兄妹四人,父亲该如何疼爱雪子,期待她的成长啊。从雪子的这番话里,菊治可以想象得到。看到她那炯炯有神的聪慧的双眼,幼时雪子的面容如今宛在。

四

从热海饭店回来,雪子给母亲挂电话。没什么可说的。

"母亲很担心,问'你们怎么啦?',您能来说几句吗?"

"不,请代我问好吧。"

菊治立即婉拒了。

"是吗?"

雪子回头看看菊治。

"妈妈问您好呢,叫您多保重……"

电话就在房间里,菊治一开始就知道,雪子不会背着自己诉说什么的。

然而,菊治闹不明白,是女人家的直观感受使得新娘子想到要给娘家挂电话,免得有些事让母亲担心呢;还是新婚旅行第二天新娘子给娘家挂电话,将会使得那位丈母娘感到惊恐不安呢?不过他又想,假若因被丈夫初夺处女柔情而感到羞愧难当,雪子也许不会打这个电话了。

四时过后,驶来三艘美国小型军舰。网代地区远方的天空,稀薄的云层也化作烟雾,在春日夕暮般迷蒙的海面上缓缓浮动。即便运送来的是饥渴的情欲,看起来也像是平静的船舶的模型。

"军舰又来游乐了。"

"今早我起床时,昨夜的军舰刚刚回去。"雪子说。

"因为无事可做,可以远远地为他们送行。"

"我起来之前,你等了我两个多小时?"

"我觉得时间还要更长些。待在这里似乎感觉不可思议,但我喜欢。等您起床后,我想着有好多事跟您说……"

"什么事?"

"东拉西扯呗……"

驶来的军舰上,明朗的天空下,却已经灯火辉煌。

"在您看来,我为什么要结婚呢?要是能听听您的看法,那将是很高兴的事。我也想说说这些话。"

"哦,我哪里会有什么看法呢。"

"话虽如此,要是能猜测一下这女子为何来到自己身旁,不是很有趣的事吗?我喜欢听听,比如,您为何把我看作永远的彼岸伊人什么的……"

"去年,你来我家茶室时,也是搽的现在这种香水吧?"

"嗯。"

"那天,我也是把你当作永远的彼岸伊人哩。"

"天哪!这香水很招人厌吗?"

"那倒不是,是这香水让我觉得第二天雪子小姐的香味还会留在茶室内,引得我很想去看看……"

雪子惊讶地望着菊治。

"就是说,我曾想着我必须断念,因为雪子小姐就是永远的彼岸伊人。"

"您这么说令我很悲伤。那是为了别的人的缘故……这我清楚。不过,眼下我只想听您说说为我所做的事。"

"那是一种憧憬。"

"憧憬?"

"不是吗,或许就是断念和憧憬两方面吧。"

"您说是憧憬,使我很感惊讶。不过,即便是我,也曾试行过断念,那也许就是憧憬过吧。

但是,断念也好,憧憬也好,我脑子里未曾浮现这些词。"

"或许憧憬这个词,是罪人的语言吧……"

"您又在说别人的事了。"

"不,不是的"

"好了,我也想过,即便有了太太的人,我也许会喜欢上的。"雪子说着,双眼炯炯有神,"不过,憧憬什么的,太可怕了。您不会再提了吧?"

"是啊,昨晚雪子小姐的体香,仿佛也属于了我,真是不可思议……"

"……"

"但是,憧憬消失不掉了。"

"您会很快失望的。"

"绝对不会失望的。"

菊治一口咬定下来,他对雪子怀着深深的感谢之情。

"我也绝对不会失望。我发誓!"

雪子也突然毫不示弱地给以积极的回应。

不过,五六个小时之后,雪子不还是失望了吗?雪子并不了解那种失望,或者说只停留于疑惑之中。即便如此,不是也使菊治对自己产生严冷的失望吗?

菊治不光为此而感到害怕,他从昨夜开始很

晚才睡，不停地谈论着。雪子也从昨晚开始，温存地陪侍着他。雪子举止轻柔，她总是适时地为菊治沏上一杯绿茶。

菊治在浴场刮完胡子出来，抹上护肤膏。这时，雪子也走到镜台旁边，用手指蘸了一下菊治的护肤膏，看来看去。

"平时父亲用的，都是我给他买的……"

"那么，我也用那种的吧。"

"还是不一样为好。"

接着，雪子将今晚的睡衣拿过来放在膝头，照样行了礼，然后走向浴室。

"晚安。"

她双手扶地，再次轻轻地行礼。她用手挽住衣裾，十分熟练地滑入自己的床铺。他那少女般爽利而洁净的举止，菊治看了激动不已。

然而，不久，一旦沉入黑暗的内里，菊治闭上颤抖的双眼的当儿，不由回忆起文子那种毫无抵抗而只有纯洁本身的抵抗的感觉。卑劣而污浊的殊死的挣扎。他妄想着践踏了文子的纯洁，又仗恃这种妄想打算辱弄雪子的纯洁。这虽然是用心不良的毒药，可是雪子清洁的作为，尽管可以缓解菊治的痛苦，但依然引起菊治对文子的回忆。

此外，对于文子的回忆，又激荡起太田夫人

这个女人的波澜,菊治想止住也无法止住。魔性的诅咒,人性的自然,不论哪一方也好,夫人已经死去,文子已经消失,而且,两人只有爱,没有恨,那么,如今折磨菊治使他震颤不安的,究竟是什么呢?

对于太田夫人这个女人的波澜而麻痹无知,他为之感到后悔。但如今,反而他自身的某些东西也麻痹无感了。菊治有些害怕了。

雪子的头发扫着枕头,沙沙作响。

"给我讲点儿什么吧。"

菊治听了,心中一惊。

或许是罪犯的双手猝然抱住圣洁的处女,菊治眼里立即涌出热泪。

雪子将脸孔轻柔地贴近菊治的胸脯,好大一会儿,她嘤嘤啼哭起来。

菊治压低颤抖的嗓音问道:

"怎么……你伤心了?"

"不。"

雪子摇摇头。

"以前我就只喜欢三谷少爷,打从昨天起,我越来越喜欢您了,所以就哭了。"

菊治伸手摸着雪子的下巴颏儿,将嘴唇凑过去。他也不再强忍自己的泪水了。对太田夫人和文子的一番幻想瞬间消泯了。

他想和纯洁的新娘子一起度过几天清净的日子,为什么就不行呢?

五

第三日同样是一派暖洋洋的海面,雪子先起来,梳洗打扮一番。

今早,雪子从女佣那里听说,昨晚有六对新婚夫妇游客,入住这家旅馆。但是茶室远在山下大海这一方,听不到喧闹的人声。小提琴伴奏的歌唱也传不到这里来。

不知太阳发生了怎样的变化,直到下午都不见波面上星星般的闪光。然而,昨天是有星光的。就在下边的海面,七艘渔船出发了。先头的一艘喷着团团蒸汽,拖曳着后头的六艘。那六艘由大到小,井然有序地排成一列。

"是一个家庭啊。"

菊治微笑了。

旅馆送给他们的礼物是两双鸳鸯筷,包裹在绘有仙鹤图案的桃红日本纸里。

菊治忽然想起来了,问道:

"那块绘有千羽鹤的包袱皮带来了没有?"

"没有,全都换了新的,换得我都不好意思了。"

雪子飞红了脸蛋儿,连那线条直达眼角的美丽的双眼皮都涨红了。

"发型也不一样了。不过,收到的贺礼上,也有绘着仙鹤图案的呢。"

三点钟前,他们驱车前往川奈。

网代海港,驶进来众多渔船。也有涂着白漆的船舶。

雪子回头望着热海方向。

"海水变成红珍珠的颜色,色彩很相像。"

"红珍珠?"

"嗯。耳环和项链都是绯红色,拿出来给您瞧瞧吧。"

"回旅馆再说。"

热海一带山峦的襞褶阴影变浓了。

遇到一个汉子蹬着柴车疾驰而来,上头坐着他的妻子。

"我也很想像他那样生活。"雪子说。

菊治心中痒抓抓的,他想,雪子或许也觉得找到了意中人,不论日子过得如何,心甘情愿同他过一辈子。

他们看见海岸松林间,一群小鸟飞走了。小

鸟飞得几乎和汽车一样快,汽车稍微快一些。

雪子发现,今早从伊豆山旅馆下面驶出的七艘拖船,原来都抵达这里了。从大船到小船,依然如亲密的家人一般,井然有序地打海岸附近驶过。

"好像专来会见我们的。"

雪子的温情也通达这列船舶之上,她眼下的喜悦也温暖了菊治的内心,或许这是他一生中最幸福的日子。

去年自夏至秋,菊治一直寻找文子的下落。就在他既感到疲劳不堪又沉迷不醒的时候,雪子突然独自来访了。菊治犹如黑暗中的活物见到太阳。雪子虽然觉得自己的到来令菊治目夺神摇,又有几分惊怪难解,她本人也有所约束,但自那以后就常来常往了。

不久,菊治接到雪子父亲的信。大意是:你似乎在同我家女儿交朋友,不知道你是否愿意同她结婚。这亲事早先已经由栗本千佳子牵过一次线了,而且我和内人也希望女儿能嫁到当初一开始就称心如意的人家。这封信可以理解为做父母的担心他们两人的交往,或者说对菊治有所警惕,同时是父母替女儿传达她的意思。

自那至今,整整一年了。那时菊治既等待文

子又希望得到雪子,他一直在两种心情中徘徊不定。然而,每当他想起太田夫人,寻找文子而感到追悔莫及时,菊治头脑里就描画出千只白鹤飞翔于早晨天空和夕暮天空的幻影。那就是雪子啊!

雪子为了看拖船,走近菊治身旁,再没回原来座席。

川奈旅馆的人将他们带到三楼的顶头房间。这里两侧没有墙壁,镶嵌着适于赏景的落地玻璃窗。

"海是圆的啊。"

雪子兴奋地说。

水平线描绘着和缓的圆形。

草地中央游泳池对面上来五六个身穿浅蓝色制服的女球童,她们肩上扛着高尔夫球袋。

西边玻璃窗敞亮着通往富士山的道路。

他们想到宽阔的草地上去。

"好大的风啊。"

菊治背向西风。

"风有什么关系,走吧。"

雪子强拉菊治的手。

回到房间,菊治入浴。雪子趁这时候理理头发,换件上衣,准备到餐厅用餐。

"戴着这个去吗?"

她把珍珠耳环和项链拿给菊治看。

晚饭后,在日光室待了一阵子。这是一间椭圆形伸向庭园的大房子,因为是寻常日子,只有菊治他们。四周围着窗帘,一对盆栽的桃红山茶花开得正旺,朝向椭圆形的前方。

接着,他们来到大厅,坐在暖炉前的长椅上。大块的木柴在燃烧。暖炉上面放着大朵的君子兰,也是一对。早开的红梅,在长椅背后的大花瓶里展示着芳姿。高旷的天花板上,也镶嵌着英国式的木质构件,看上去落落大方。

菊治靠在皮椅上,久久望着暖炉的火焰。雪子也目不转睛地瞧着,感到双颊温热。

回到房间,厚厚的窗帷垂挂着。

房子轩敞,但没有套间,雪子只得到浴室换衣服。

菊治穿着旅馆的浴衣,坐在椅子上。雪子换上睡袍,不觉间来到他跟前。

那是一件款式自由的和服,呈现着西装式样的颜色,铁锈红的底子上,微微散落着细白的花纹,袖口宽大而浑圆,一派天真烂漫的样子。她裹着柔软的绿色缎子腰带,好似一个洋娃娃。绯红的里子,翻露着雪白的浴衣。

"好漂亮的和服啊!是自己想出来的?圆形

短袖?"

"袖子稍微不同,是随便缝起来的。"

雪子走向化妆台。

他们睡了,只留下化妆台的电灯,保持室内光线微明。

菊治猛醒过来时,咚一声巨响。风,呼啸着。庭园尽头是断崖,或许是狂涛巨澜的撞击声。

他朝雪子那边望望,雪子不在床上,她站在窗户旁边。

"怎么啦?"

菊治也起来了。

"那响声好怕人呢。海面出现桃红的火光,快来看……"

"是灯塔吧。"

"一醒过来就害怕得睡不着了。从刚才起来后就一直瞧着呢。"

"是波涛的声音。"

菊治把手搭在雪子的肩膀上。

"怎么不叫醒我呢?"

雪子的一颗心仿佛被大海夺走了。

"瞧,泛着桃红的光亮。"

"是灯塔。"

"虽说也有灯塔,但比灯塔的灯更亮,而且

是突然冒出来的。"

"是波涛的响声。"

"不对。"

似乎是撞击悬崖的涛声。海面上冷月弯弯，沉寂于黝黑的底子里。

菊治也望了好大一会儿，灯塔的明灭和桃红的闪光是不一样。桃红的闪光间隔较长，又没有规律。

"是大炮！我还以为是海战哩。"

"啊，那可能是美国军舰在演习。"

"是的。"

雪子也信服了。

"那响声好可怕呀。"

雪子说罢，放松了肩膀，菊治抱住她。

弯月映着夜间的海面，风在鸣叫。远方闪现桃红火焰，紧接一声巨响，菊治也有些害怕。

"深更半夜，不可一个人观望。"

菊治紧缩着臂腕，把她抱起来。雪子怯生生地搂住菊治的脖子。

一股悲戚之情袭上菊治心头，他断断续续地说：

"我呀，不是残废，不是残废。不过，我的丑陋的污点和背离道德的记忆，尚未饶恕我。"

雪子似乎昏了过去，重重依偎在菊治的怀里。

旅途的别离

一

菊治新婚旅行回来，在焚烧去年文子的信件之前，又重新看了一遍。

开往别府的"小金丸"船上。十月十九日……

您在四处寻找我吗？权当不知下落了，请原谅我。

我决心不再见您，所以我想这封信我也不会发出。即使发出，也不知会等待何时。我打算前往父亲的故乡竹田町。即便这封信能到达您手中，那时我早已不在竹田町了。

父亲也是二十年前离开家乡，我对竹田很生疏。

四方围岩壁,竹田秋水流。

竹田城门洞,出入一径通。

芒草竹田町,雪白遮门洞。

我只不过是根据与谢野宽和晶子夫妇的《久住山之歌》,还有父亲的话加以想象罢了。

我将回到我全然不知的父亲的故乡去。

久住町有个人,据说也是父亲小时候见过的,他写了如下的和歌。

故国山川美,流水传心音。

连天原野色,儿时浸染我。

我心独苦寂,群山被白云。

离情终消去,愿卿得安逸。

这些和歌也引诱我回归父亲的故乡。

心映久住山,疑近大师旁。

此身知微贱,欲问山川秀。

猝然飘零身,久住山云浓。

与谢野宽的这些和歌同样吸引我回到久住山(亦作九重山)。

虽然我在信里写下了"离情"的和歌,但我对您从未有过叛离之心。即便有叛离之心,那也是针对我自身,针对我身上境遇的。纵然如此,说是叛离,更是悲戚。

在那之后,已过去三个月,我只祝愿您"得安逸"。我不该给您写这样的信。我把给我自己写的信,以寄给您的名义写了下来。写成之后或许会投入大海,也或许是永远写不完的信。

侍者将大厅四面的窗帘逐一扎起来。大厅内除我之外,只有两对年轻的外国夫妇,他们坐在另一头。

我是独自一人旅行,买了头等舱。我不喜欢好多人在一起。头等舱两人一个房间,别府观海寺温泉旅馆的老板娘和我住在一起。听她说婆家在大阪的女儿生孩子,她照料完之后眼下正要回自己的家。

——她说在大阪时没有睡好觉,想美美睡一觉,所以决定乘船。她从餐厅回到房间不久,就上床睡了。

我们的"小金丸"离开神户港时,进来一艘名叫"苏伊士之星"的伊朗轮船,那船形好奇怪。

——"可能是客货轮。"老板娘对我说。我心想,连伊朗船也驶进来了。

随着轮船出港,神户市和背后的山峦眼见着昏暗下来。秋令天短。一到夜里,海上保安官就通过广播提醒人们注意。在船上赌博绝对赢不了,输的人也将一样受处罚……

——今日很可能有人赌博。

内行的赌徒或许都乘三等舱。

看到温泉旅馆的老板娘睡着了,我就到大厅来。两对外国夫妇中有一位日本女子,看样子她已结婚了,外国人不是美国人,好像是欧洲人。

我突然想,倒不如嫁给外国人,远走国外岂不更好。

——想哪儿去了?我被自己的想法吓得

不由出了声。就算现在乘船漂泊，结婚也是我难以想象的事。

那个日本女子看来出自有教养的家庭，她极力模仿西洋人的表情和做派。尽管这种品性不算坏，但在我看来似乎过于忸怩作态了。或许想到自己是同洋人结婚，心中不绝的自豪感促使身子这么做的吧。

可我真弄不懂，这三个月里有什么事使我心动了呢？想起在那座茶室前的净手盆处打碎志野筒形茶碗，真是羞惭难当，差点儿没缓过气来啊！

——我说，还有更好的志野茶碗。那时，我确实是这么想的。

志野水罐作为母亲的遗物送给了您，看到您高兴地接受下来，所以无意之中也想把筒形茶碗一道送给您。后来想想还有更好的志野茶碗，便感到坐立不安。

——您曾说过："要是这样，那送人都要送最好的东西。"我相信这句话，当那个"人"只限于菊治少爷时。因为我只有一个念头，就是使母亲更完美。

除了认为母亲美以外，对死去的母亲和被撇下的我来说，那时候再也没有任何获得救赎的方法了。在我那颗紧张而着魔似的心灵里，我将那不太好的筒形茶碗作为母亲的信物送给了您，实在后悔莫及。

三个月过去了，如今，我的心情也不一样了。我不知道是美梦破灭了，还是噩梦清醒了。反正在打毁那只志野茶碗的时候，母亲和我就同您一切无缘了。尽管打毁志野茶碗令我羞愧难当，但或许这样做也未尝不可。

——当时我说，那只茶碗口浸染着母亲的口红……只是出于一种疯狂的执着。

随之而来的，我有一种可怕的记忆。还是父亲活着的时候，栗本师傅来到我家，父亲拿出一只黑乐茶碗给她看，记不清了，好像叫长次郎[1]。

——"啊呀，都长霉啦……看来没有保管好，用过后就那么放着不管了，对吗？"师傅皱起眉头说。茶碗表面渗满一层腐烂旱菖蒲颜色似的霉斑。

——"即便用热水也洗不掉。"

她把湿漉漉的茶碗放在膝盖上，仔细瞧了瞧。猛然将手指插进头发里挠了几下，用

---

[1] 据传，乐烧的创始者为陶工长次郎（？—1589），乐烧本家乐家之祖。

那只油手顺着茶碗擦磨一圈儿,霉斑消失了。

——"啊,好啦,请看。"师傅得意起来。但父亲没有伸手。

——"怎么用这么脏的方法啊,我不喜欢,太恶心人了。"

——"我去洗洗干净。"

——"不管怎么擦,我都不喜欢,也不想用这茶碗喝茶。你要是想要就送给你。"

小小的我坐在父亲身边,还记得当时我也感到很恶心。

听说师傅后来将那只茶碗卖掉了。

女人的口红浸染在茶碗口上,也和这一样令人感到不快。

请忘掉母亲和我,同稻村雪子小姐结婚吧……

二

别府观海寺温泉,十月二十日……

要是从别府乘坐中途经由大分的火车,去竹田就快些。但我想"就近"观赏九重群峰,特地选择了这样一条路线:翻越别府背后的由布岳山麓,从由布院乘火车到丰后中村,然后从那里进入饭田高原,再翻过南面的山峰,由久住町前往竹田。

虽说竹田是父亲的故乡,对我却是个未知的城镇。今日,父母已不在世,真不知是否还有人会怎样迎接我。

——"我感到,这座城镇是我心灵的故乡。"父亲说。或许正像与谢野夫妇和歌中唱到的,是个"四方围岩壁,出入钻洞门"的地方。

要是母亲,她会详细对我说明白的。据说在我出生之前,母亲曾经被父亲带着去过一次。

我原谅您父亲和我母亲的时候,就像是背叛了我的父亲。这座城镇即便是父亲故里,对我却是异地他乡,那么,它为何会吸引我前往呢?是因为这座既是故土同时又是异乡的城镇,为今日的我所眷恋吗?难道我总想着父亲故乡的城镇,有着母亲与我赎罪的清泉吗?

归来拜父后,前行望家山。

此歌亦见于《久住山之歌》。

我以为，当我原谅您父亲和我母亲的时候，实际也就孕育着后来母亲和我的罪过。这件事或许就像咒语一般紧紧套住您，折磨您吧？不过，任何罪愆和诅咒都有限度，自我打碎志野茶碗那天起，这一罪愆就已经了结了。

我只爱过两个人，母亲和您。我说我爱过您，您或许感到惊讶，我自己也很不理解。但我认为，要是隐瞒不说，反而不能"愿卿求安逸"。我并不因为您对我所做的一切责怪您，怨恨您。我只是想，我的爱获得了最强烈的报应，受到了最严酷的惩罚。我的两种爱走到了可以走到的尽头，一是死，一是罪。这难道就是我这个女人命中所定吗？母亲用死做出清算，我负罪而遁走。

——"啊，我真想死。"这似乎是母亲的口头禅。

——"你想叫我死吗？"当我阻止她去见您的时候，她就这样威胁我。自从在圆觉寺的茶会上见到您之后，母亲就一心想自杀。从我打碎志野茶碗那天起，我也明白了。虽然母亲去见您成为她自杀的根源，但母亲还是一个劲儿想去见您,这种心情让她好歹还是活了下来。可我阻止了母亲,是我逼她死的。自打碎志野茶碗那天起,我也一天到晚想自杀。所以,我更加了解母亲了。如果母亲不死,我想我会死的。是母亲的死阻止了我的死。

那时,我在石头净手盆上打毁志野茶碗,只觉得神志恍惚,差点儿倒在石头上,是您一把扶住了我。

——"妈妈!"我喊叫一声,您是否听到了呢?要么就是没有叫出声来。

您叫我不要回去,您说要送送我,我只是摇头。

——"我再也不见您了。"说着,我逃了回来。我出了一身冷汗,真心想死。我并不怨您,而是觉得我自己已经穷途末路,再也没有前途了。我的死连着母亲的死,似乎是必然的事。如果说母亲是因为忍受不住自己的丑行而死,我也同样打算如此。不过,有时也想到,悔恨的火焰中盛开着莲华花。正因为我爱过您,所以不管您对我做些什么,都不该说是丑行。我就像夏蛾扑火,母亲因自认丑行而死,而我却想要认为母亲很美丽,或许我在那梦中失去了自己。

然而,我和母亲不同。母亲见了您一次,心情就平静不下来,老想同您见面;而我只见您一次,梦就碎了。我的爱是开始,也是终结。与其说感情被压抑,止步于原地,不如说被撞击,被抛撒。

——"啊,不行。"我想。母亲死了,我也完了。您若能和雪子小姐结婚,那就太好了。那样,我也获得了救赎。

——您越是寻找我,追踪我,我就越有可能自杀。这话听起来也许太自私了,但正如我一往情深地想要认为母亲是美丽的,我一心想将我们从菊治少爷身边彻底抹消。

栗本师傅说,是我和母亲妨碍了菊治少爷结婚。我清醒后自己也很明白这一点。师傅还说,自打菊治少爷同母亲见面之后,您的性格完全变了。

打碎志野茶碗那天晚上,我一直哭到天亮。我到朋友家,邀她一起去旅行。

——"你怎么啦?眼泡都哭肿了……你母亲去世时,你也没有哭成这样,不是吗?"朋友惊讶地说。她陪我一同去箱根旅行。

其实,比起那时候,还有母亲去世的

时候，更令我悲伤的是幼年时代的一件事。栗本师傅到我家来辱骂母亲，要她和您父亲分手。我躲在里头一听，哭了起来。母亲抱起我来到师傅面前，我很不情愿。

——"妈妈正受到人家的欺侮，你在背后哭闹，叫妈妈怎么受得了呢？让妈妈抱抱吧。"母亲说道。我也没有仔细瞧瞧师傅，便坐上母亲的膝盖，将脸藏在母亲怀里。

——"嘀，连孩子都派上角儿了。"师傅发出一声冷笑。

——"你很聪明，三谷伯伯他来干什么，你一定很清楚吧？"

——"不知道，我不知道。"我连连摇头。

——"你不会不知道。那位伯伯，他明明是有夫人的呀，都怪你妈不好，那位伯伯还有个比你还大的孩子呢，连那孩子都恨你妈。你妈的事要是给学校老师和同学知道了，你会觉得很丢脸吧？"

——"孩子是无辜的。"妈妈说。

——"孩子既然是无辜的，那就让她成长得更加无辜些，怎么样？一个无辜的孩子，真亏能哭得这么动人！"

当时我十一二岁。

——"你没有为孩子干什么好事,她好可怜……你打算让孩子在阴影里长大成人吗……"

当时,我只感到一种撕心裂肺的悲伤,比起母亲的死以及同您分手还要痛苦。

到达别府已是中午,乘汽车围绕地狱汤泉区[1]转了一圈。所幸,借助同船室友的关系,住进了观海寺温泉。

今天早晨在伊予滩海面航行,风平浪静。太阳照进船室的窗户里,日光下脱去上衣,只穿一件衬衫但还是汗津津的。轮船进入别府港,连绵的群山从左首的高崎山向右环抱着城区,好似一湾既大且圆的海浪。我想,在具有装饰风格的以波涛为题材的日本绘画中,是有这样的海浪的。观海寺温泉位于后山山脚下,从浴场可以一眼看到城镇和海港。我很惊讶,竟然有如此高旷而明亮的温泉场!绕地狱汤泉一周,车票一百日元,游览费一百日元,十五六所地狱温泉中,多数为私人经营,有名为"地狱工会"

---

[1] 地狱汤泉区:别府是温泉之乡,荒瀚的地表喷发出高热泉水和水蒸气以及其他气体,景象看似一片荒凉。谓之"地狱",取其"灼热、阴森"之意。

的工会组织。汽车走一圈两个半小时。

地狱之中,有血池地狱和海地狱,其水色妖艳而又神秘,简直不可形容。血池地狱犹如从底部喷出血来,消融于透明的热水池里。血色鲜丽,池子里不断腾起滚滚蒸气。海地狱,或许因池中热水呈海水之色而得名。我从未见到过如此清澈明丽、纯净淡蓝的水色。在远离城镇的山地温泉旅馆,于夜阑中想象着血池地狱和海地狱奇异的颜色,宛若梦幻世界中的一泓泉水。假如母亲和我徘徊于爱的地狱中,那里也有如此美丽的泉水吗?我恍惚置身于地狱温泉的水色之中。容我暂时写到这里吧。

三

于饭田高原筋汤,十月二十一日……

高原深处的温泉旅馆,毛衣外头裹上一件旅馆的宽袖棉袍,在依旧感到寒冷的夜气里,将肩膀倾斜于火钵上。似乎是火灾后迅速修复的旅馆,门窗咬合很差。这座筋汤旅馆位于一千多米高的山坡上,明天还要翻越一千五百米高的山峰,住进标高一千三百米的温泉旅馆。虽说在东京时已经做好了防寒准备,但和今早离开别府时,气温相差实在太大了。

明日抵九重山,后天就能到达竹田。不论是在明天的旅馆,还是在竹田町,我都会继续给您写信。然而,我最想对您说的是什么呢?我写的应该不会是旅途记事,那么,九重山和父亲的故乡,究竟会让我说出怎样的言语呢?

或许是想告别一声吧?但我很清楚,对我来说无言的告别才是至高无上的。虽然和您也没说什么话,但我觉得已经说得够多的了。

——"我请求您原谅我的母亲。"每次见面,我都代母亲向您道歉。

为了求得宽恕,初次拜访您家的时候,您就对我说过,您很早以前就知道母亲有我这么个女儿。并且,您说您曾幻想过同那位小姐谈谈您父亲的事情。

您还说,您父亲的事固然可以谈,要是能找个时候谈谈我母亲的事该多好。

但一直没有找到机会,而且永久失去了这样的机会。如果同您相会,谈起您的父亲和我的母亲的事,那么,如今我只能因悔恨和屈辱而浑身战栗。我们不能谈论父母,那样的孩子们能够相爱吗?写到这里,我流下泪来。

自打我十一二岁时受到栗本师傅那次责骂,"三谷伯伯"有个儿子这件事,就深深刻印在我心中。但我一次也没有同"三谷伯伯"谈起过那个男孩子。因为我觉得不好谈。连那男孩子有没有走向战场,我一个小女学生也不好过问。

空袭越来越厉害了。那之后,您父亲依旧时常来我家里。我常担心,一旦出事,那孩子就会和我一样,成为没有父亲的孤儿,所以我总是送您父亲一道走。细想想,那孩子已到应征的年龄,但不知怎的,我还一直把他当成一位少年。大概是那次师傅提起那孩子时引起的伤痛,深深渗透在心底的缘故。

母亲是个无用的人,我得出去买东西。在争争抢抢挤上火车的一帮人中,我发现一位美人,就挨着她身旁坐了下来。我们互相询问到哪儿去,要买什么东西,说着说着,就扯到各人的身世上来了。

——"我给人做妾。"

美人直率地对我说。

——"我也是妾的孩子。"女学生这么一说,她就大吃一惊。

——"啊呀,不过,能长这么大,真好啊。"

看来,她误解了"妾的孩子"这句话,我只是羞红了脸,没有给予纠正。

她觉得我很可爱,时常约我一道去买东西。我们俩曾经从她的故乡新潟搬运过大米。我忘不了她。

长这么大又有什么好,我再也不能同您谈谈您父亲和我母亲的事了。

听到温泉瀑布的响声。所谓"水打",就是使几道温泉水从高处落下,人站在下边受冲击。这样可以起到疏通筋骨、减轻疼痛的作用。因而,被朴素地称作"筋汤"。旅馆里没有内汤[1],可以去宽大的公共浴池,这里位于涌盖山和黑岩山之间的深谷之内,夜间的山气会流淌下来。这里同别府的血池地狱以及海地狱的梦幻之色不一样,今日看到山间美丽的红叶。从别府背后的城岛高原所能见到的由布岳也很峻秀。从丰后中村站攀登饭田高原,途中观赏了九醉溪的红叶。沿

---

[1] 内汤:温泉旅馆馆内浴场。

着十三曲登上顶峰回头一看,逆光之中山阴和襞褶越发深沉,红叶之美也愈益纯厚了。从山肩照射过来的夕阳,将红叶世界打扮得分外庄严。

估计明日的高原、群山也会是好天气吧。我从遥远的山间旅馆,祝您睡个好觉。我出外旅行,三天没有做梦了。

自从打碎志野茶碗那天晚上开始,我在朋友家里住了三个月,夜夜都难以成眠。我在朋友家住得过于长久了。上野公园后面租住的房子里存有少量的行李,也由朋友帮我取来了。

也是听这位朋友说,第二天您好像到公园后面的家中找过我。即便是朋友,我也没有对她说明我从那里逃离出来的缘由。

——"那是个我不能爱的人。"当时我只能这么说。

——"但他曾爱过你吧。被一个不能爱的人所爱,这样的故事大都是谎言。女人都想编造这样的谎言,虽然我会把你的当作是真的……"朋友的意思也许是说,这个世界不存在绝对不能爱的人。她的话也许是对的。例如,假如像我母亲那样一心想死……

不过，力求使母亲的死变得美好的我，被引向了何处，这个问题我想您最清楚。纵然不是被带领，而是主动前行，但二者是否混淆不清，我就无从判别了。然而，对于自己所干的事，自己能说是混淆不清吗？还有，站在旁观的立场看别人干的事，能说是混淆不清吗？当神祇和命运对人的行为加以宽恕时，能说是混淆不清吗？

有件事写出来可能不太合适，留我寄宿的朋友，从前和一个男人犯过错。说不定正是因为这样她才帮了我。所以，她一眼就看出了我的问题。然而，她不会知道我正陷入后悔的旋涡之中。

或许，我也像母亲，有些地方显得漫不经心吧。我一旦稍稍变得快活起来，朋友就同意我单独外出旅行。

我觉得女人单独住旅馆，比起同母亲在一起，或母亲去世后一个人过日子，更显得潇洒自在。然而到了夜晚，依然会感到不安和忧愁，一种孤独感迫使我写出此种没有收件人的信简来。自那之后沉默了三个月，现在究竟还想说些什么呢？

四

于法华院温泉，十月二十二日……

今日越过一千五百四十米高的山岭，翻越诹峨守越，入住标高一千三百零三米的法华院温泉旅馆。据说这里是九州最高的山间温泉。我前往竹田町的旅程，今天就算过了最难关口。明天下山到久住町，抵达竹田。

不知是因为顶着高原的太阳走路，还是这里的硫黄气味太强烈，今晚稍稍有些疲劳。不仅是这里汤泉的硫黄，诹峨守越一侧硫黄山的烟气，也会随着风向的改变而飘流下来。听说银壳手表什么的，一天就变黑了。

——"昨天早晨五度，今天早晨四度……今夜比昨夜变得寒凉了。"旅馆的人说。不知道他们早晨几点钟看的温度计，黎明前的气温也许会下降到接近零度。

不过，我的房间在另一栋楼二层，周围林木蓊郁。窗户镶着双层防寒玻璃。棉袍厚实，火钵旺盛，比起昨夜的筋汤舒服多了。只是时时感觉到凛凛砭肤的山间夜气。

法华院旅馆是山间一座独立的建筑，收不到邮件和报纸。据说从旅馆到村镇大约十多公里，邻里相隔也有五六公里光景。这里距离小学也是十多公里，孩子们到了上学的年龄，就得寄宿在山下的村子里。

房东家两个孩子，哥哥六岁，妹妹四岁。或许看我是独身女子，祖母跟我攀谈了好一阵子。两个孩子也跟在身边，争相坐在祖母的膝头上。一开始，妹妹跨在祖母的膝盖上，抱得紧紧的，男孩子想把她推下来，妹妹猛然扑向哥哥，互相追逐，扭成一团。哥哥天生一双俊美的眼睛；四岁的妹妹瞪着一双硕大的眼睛，神情威严，一副不甘示弱的架势。也许是山地日光猛烈，才会有如此峻厉的目光吧。

——"附近没有一个和你家小兄妹一起玩的孩子吧？"我问。

——"得走十多公里，才能见到邻家的孩子。"

听说小女孩出生时，做哥哥的男孩子嘀咕道："妈妈本来跟我睡，偏偏生了她。"未生之前，他说：

"等生下小宝宝，我要睡在她身旁。"但是，男孩子现在跟奶奶睡在一起。冬季，旅馆不营业，或许要住到山下的村子里。但生长在山间独门独户人家的孩子们，我被他们强劲的目光慑服了。孩子们都有一副圆乎乎的可爱的脸蛋儿。

我突然意识到我是个独生女。

因为生下来一直就是一个人，已经习以为常，平时不再注意了。当然也不是完全想不到，不过不再加以深深思考。巴望有个哥哥或姐姐的女学生式的感伤也似乎消失了。就连母亲去世时，也未曾想过要是有个兄弟该多好，而是马上给您打了电话。让您当了掩盖母亲那种死的真相的帮凶。后来想想，这仿佛意味着母亲的死责任都在于您……假若有个哥哥，就不会那样。有哥哥在，母亲或许也不会死。至少我不会堕入那种罪孽的悲哀之中。如今想想，我为我的觉醒感到惊讶。作为独生女的我，本来决不能仰仗着您，可我对您过于依赖了。

独生女的我，一个人住在山中的一户人家里，很想呼唤一声并不存在的哥哥。不是哥哥，也可以是姐姐或弟弟，只要是兄弟姐妹就行。一心想呼唤一声没有生在这个世界上的兄弟姐妹，是很可笑的事吗？

说是独生女，您也是一个人。这一点，我以前从未想到过。您父亲到我家里来，也一概不谈自家事，根本没有说过您是独生子。一次，他对我说："没有兄弟姐妹，很寂寞吧？要是有个弟弟或妹妹该多好。"

我顿时脸色苍白，差点儿不住抖动着身子。

——"可不是吗……太田临死时，也觉得撇下个女孩，实在太可怜啦。"

好心眼的母亲应和道。她看看我的表情，吓得不再出声了。

我感到憎恶和恐怖。那大约是十四五岁的时候吧，我已经清楚地知道母亲的事了。我想您父亲的意思是想生一个和我异父同母的孩子。现在想想，或许只是我的胡乱猜测。您父亲也许是想到自己已有您这个独生子，想到我家只有我和母亲二人，定会觉得寂寞难耐。不过那时候，我的内心是很不平静的。假如母亲生下孩子，我决心要把那孩子害死。这种杀人的念头，或前或后都未曾有过，唯独那时藏于心中。也许真的会杀人。不知是出于憎恶、嫉妒还是愤怒，或许就是少女纯粹的战栗。那心境母亲似乎也注意到了,她说:"请人看过手相,说我只能有一个孩子。"

——"她是一个好孩子,能抵上十个孩子呐。"

——"那倒也是……不过,独生的孩子不善交际,只是生活在个人的小圈子里,自我封闭,不爱同别人交流。"

您父亲看我沉默寡言,才这样说的吧。我躲避着,不瞧您父亲的脸,也不说一句话。我像母亲,并不是个内心抑郁的孩子。逢到我兴高采烈的时候,您父亲一来,我就立即沉默不语。母亲看到孩子的一番抗议,也许感到很痛苦吧。也许您父亲说的不是我,而是指的您。

但是,假如我要杀死的那个孩子生下来,又会怎么样呢?那既是我的弟或妹,也是您的弟或妹……

——"啊,真可怕!"

我翻高原,过山岭,这种病态的想法应该已经洗掉了,我理应是从"晴朗的天气中"走来的。

——"晴朗的天气。"

——"啊,晴朗的天气!"

今朝，走出筋汤不久，途中听到村民们如此相互打着招呼。这一带，"晴朗的天气"就是指的"好天气"。而语尾表达得很清楚。他们的问候，也使我的心一片晴朗。

实在是个晴朗的好天气。道路边连续不断的芒草或茅草的穗子，被朝阳照耀得银光透亮。柏树的红叶也一派明丽。左首山脚下的杉树林间，罩上一层深深的阴影。母亲忙着收割稻子，她在田畦上铺着草席，将身穿红色和服的婴儿放在上面坐着，身后白布袋里塞满食物，玩具也一并放在草席上。这一带天气冷得早，插秧也起早，听说是边生火边插秧。不过，今早倒是看到草席上的孩子都坐在暖洋洋的太阳光里。我也只是换上橡皮底靴子，不需穿防寒衣物。

从筋汤出发有好几条登山道路，也有通往山口的近路。但我经由饭田邮局和学校，然后穿过高原中央，一边遥望九重群峰，一边举步向前迈进。不登高山，只是经过诹峨守越，前往法华院。因而，这是一段不太耗费足力的行程。

所谓九重，原是群山的总称，自东边数起，计有黑岳、大船山、久住山、三俣山、黑岩山、星生山、猎师岳、涌盖山、一目山和泉水山等。这些山峦的北侧一带，就是饭田高原。

尽管说是群山的北侧，涌盖山等向西蜿蜒而去，崩平山等位于高原北部。高原或为群峰包裹，或被四方山峦支撑，飘浮于空中，是一个圆形。仿佛是秀美的梦之国浮现于此。山间布满红叶，芒草花穗白浪翻滚。但我仿佛觉得高原上洋溢着一股温润的紫气。高度在千米左右，东西南北宽阔，约达八千米。

那南北亦即我要跨越的方向。一旦进入广袤的原野，一往直前，不久就看到三俣山和星生山之间，远远飘逸着硫黄山的烟雾。群山一派晴明。右首涌盖山上空，只是浮游着一缕淡淡的白云。打从离开东京时起，我就瞄准这座高原"晴朗的天气"而来，我感到很幸福。

我只知道信浓高原[1]，但这座饭田高原，正如许多人所说，有着罗曼蒂克的魅力。温和，明朗，令你相思千里，令你魂牵梦系。南侧群峰连绵，温润婧丽，气品高雅。轮船驶入别府港时，环抱城镇的群山所显现的

---

1 信浓高原：位于日本长野县。

圆形的波涛，固然使我心醉；在饭田高原所见到的九重峦峰，其高度令我感到意想不到的亲切而协调。这或许是分布均衡的缘故吧。久住山高约一千七百八十七余米，乃九州第一高峰。大船山一千七百八十七米，乃第二高峰。这两座高山虽然藏而不露，但三俣山和星生山分别高达一千七百四十米和一千七百六十米。一千七百米以上的山峰听说有十多座。不过，人在千米高原之上，同高度相差无几的群峰比肩而立，似乎显得山峦十分亲切。再说，这里是南国，大海不很遥远，高原之色显得明朗多姿。

来到堪称高原中心的长者原，我在松荫下休息了好长时间。长者原上散落分布着一簇簇松树，我是被草原中央的一棵松树吸引了。接着走了一会儿，又坐在松荫下，好迟才吃了盒饭。约莫两点光景吧，我环顾一下广阔的草红叶[1]，从我所在的位置看过去，承受阳光的地方和逆光的地方，色相产生微妙的差异，山峰的颜色也各不相同。红叶秾丽的山野，看起来简直就像彩绘玻璃。就这样，我似乎置身于大自然的天堂之中。

---

1 草红叶：泛红的草叶。

——"啊,真是应该来啊!"我脱口而出。我泪流满面,芒草穗子的波涛再次变得银光迷蒙。然而,这不是玷污忧伤的泪水,而是洗涤悲哀的泪水。

我想着您,为了离别,我来到高原,来到父亲的故里。每每念起您,我就为悔恨与罪您所困扰,使我无法离去。我还不能重新迈步。原谅我吧,来到遥远的高原,我更加想您了。这是为着离别的思念。我一边在草原上散步,一边眺望群山,我继续将您记在我心间。

我在松荫下一直想着您,如果这里是无盖的天堂,不就可以直接升上天空了吗?我再也不想动了。我一心只为您的幸福祈祷。

——"同雪子小姐结婚吧。"

我说着,同我心中的您作别。

虽说无法将您忘却,但今后不论以多么丑陋和污浊的心理想起您,我都会回忆起我在这座高原思念您时,已经同您告别了。如今,母亲和我彻底从您身边消失了。我最后再次向您致歉。

——"请原谅我的母亲吧。"

为了从饭田高原翻越诹峨守越,似乎应

该攀登三俣山脚的道路,我却选定了运输硫黄的道路。随着硫黄山越走越近,山的姿态也变得可怕起来。远远看去,硫黄的烟雾似喷火一般。广阔的山腹一带喷出硫黄,直到山脊,寸草不生,山体也被烤焦了。岩石和泥土呈现出黑黝黝的颜色,缺乏光艳的灰色和褐色有废墟之感。在左首的小山上采掘天然硫黄(喷气孔内插入圆筒,冰凌般的硫黄从筒口垂挂下来,即可进行采掘),我钻过采掘场的烟雾,越过累累裸露的岩石,到达山顶。

从山顶下山到达北千里浜,回头仰望,正在沉没于山头的太阳,透过硫黄烟雾,看似仿佛白茫茫的月中妖怪。前方,大船山优美的红叶犹如夕暮的锦绣。走下陡峭的斜坡,就是法华院温泉。

今晚写了一封很长的信,是想告诉您,我度过了分手之后清纯无垢的高原的一日。不要记挂我,早点儿歇息吧。

五

于竹田町,十月二十三日……

我来到父亲故乡的城镇。

今日傍晚,我穿过岩山洞门,进入竹田町。从法华院温泉走下久住高原,再乘汽车从久住町到达竹田,花了大约五十分钟。

住在伯父家里。这是父亲的老家,初次见到父亲出生的房屋,心情有些奇特。这里是故乡,同时是异乡的城镇。我来到这里,看到酷似父亲的伯父,阔别十年后父亲的面影,又历历浮现在眼前。如今,我感到无家可归的我曾经有过一个家。

听说我是从别府绕过九重而来,伯父深感惊讶。一个人登高山,住温泉旅馆,好一个强梁的姑娘!我虽然很想看看高山,但要到父亲的家乡来,还是有些犹豫不定。父亲死后,母亲也和他们疏远了,再说,她的生活也使她无法同父亲的亲族见面。

——伯父说,要是从船上发个电报来,他就会到别府接我……还说他们家离别府很近。我想我是写了信的,告诉他们我要来,但信没有电报来得快。

——"弟弟死的时候是几岁?"

——"十岁。"

——"十岁吗?"伯父重复着,瞧瞧我。

——"和你母亲长得一模一样。我虽然没怎么见过你母亲,但见到你就能想起她来。不过,你有些地方也会像弟弟,那耳轮,看来像太田家的。"

——"见到伯父,就想起父亲。"

——"是吗?"

——"我也要工作了。一旦上班,就没时间出外旅行了,所以想在那之前来看看您……"

我已然孤身一人,但我不想让伯父认为我是为商量自己的生活境遇而来。我也没有向伯父索求什么。伯父也没有来吊唁母亲。从九州出发,赶不上参加葬礼,再说,当时母亲实行的是限于自家范围的"密葬"……

我只是想和与母亲有过联系的您告别,才特地到父亲的老家看看的。我想逃离母亲疯狂的爱的旋涡,回归对健美的父亲的忆念。然而,我一旦走入这座四面岩山包裹的黄昏中的小镇,就有一种落拓之人来到隐居之地的寂寥之感。

今晨,我在法华院睡了个懒觉。

"早上好。"旅馆的人跟我打招呼。他还说,一大早,小孩子在楼下"骚动",你没有睡好吧?但我什么也不知道。

那个目光峻厉的女孩子也跟着来照料吃早饭了。她偎依祖母身旁坐着,听说一早她从堂屋和另一座楼的渡桥上掉了下来。高约一丈五尺,幸好落在三块岩石鼎立的正中央,捡了一条小命。得救时,她又哭又喊:

——"木屐冲走啦,木屐冲走啦!"

有人逗笑说,再掉一次看看,怎么样?

——"算了,没衣衣啦。"

小河畔的岩石上,晒着一件女孩的和服,粗线条的蓝色碎白花底子,印着蝴蝶戏牡丹的花纹,是婴儿穿的红棉背心。我看到朝阳照射在红棉背心上,立时感到一种温馨的生命的惠顾。之所以说三块岩石之间,掉落得恰到好处,是指的什么呢?三块岩石之间十分狭小,一个小孩的身子就填满了。一旦稍有差池,就会撞在石头上,即使不丢掉性命,也会摔成个残废。小孩子家不懂得什么叫危险和恐怖,身体哪儿都不觉得疼,一点儿都不在意。我觉得，掉得这么巧妙的是这个孩子，似乎又不是这个孩子。

我无法让母亲起死回生，但我想着某些使我活下去之物，强烈地为您的幸福祈祷。人间的耻辱和罪业的岩石之间，也该有拯救掉落的孩子那样的场所。

我怀着效仿这个孩子之幸运的心情，摸摸她浓黑的娃娃头，离开了法华院。

大船山的红叶真是太美了，因而，我又走访了坊之鹤。这里是三俣山、大船山和平治岳等山峰环绕的盆地。三俣山，今天我看的是和昨日相反的对面一侧。一直走到筑紫山岳会布满马醉木的一带地方。马醉木群落之中，生长着可爱的万年杉，有点像杉苔，高约两三寸。我还发现了越桔和岩镜草。大船山的红叶之间，黑色的据说都是杜鹃花。一棵树有六铺席大，又矮又宽阔。坊之鹤也有雾岛杜鹃花，而且，这里的芒草似乎又细又矮，穗花的长度只有一寸上下。

听说山顶上今朝降到零度，而坊之鹤阳光灿烂，红叶之色似乎温暖了盆地。

回到旅馆附近，从白口岳和立中山之间的矛立岭，下山到达佐渡洼。这里是形状像佐渡岛的盆地，许多蓟草长着长着就枯死了。从佐渡洼下山走过锅破坂，一到朽网别，眺望久住高原的视野就开阔了。穿过锅破坂杂木林中央，沿着砂礓路下行，只听到自己脚踏落叶的声响。

因为没有遇到过什么人，感觉这是独自踏过大自然的足音。前往朽网别，左侧清水山的红叶一派绯红，正逢盛时。从这里该能望到阿苏五岳，不巧被云雾遮挡住了。祖母山和倾山的连峰隐约可见。但是，久住高原是绵亘二十公里长的草原，遥接阿苏北侧山坡以及波野原，广阔辽远。从南边可以回望九重（或者说久住）连峰，不过，山头也罩着一片云雾。我穿越高及人头的芒草丛，通过放牧场，到达久住町。

久住山南边的登山口，有难得听到的名为猪鹿狼寺的名刹遗迹。猪鹿狼寺也好，法华院也好，都是保有几百年历史的灵场。九重峦峰过去即是灵场。我也感到我是穿过灵场走来的。这真是太好了。

伯父家的人们都静静安歇了。我不能再像在旅馆时一样，一个人醒着长久地写信。

——晚安。

六

于竹田町,十月二十四日……

竹田车站,每逢丰肥线火车到站和开出,都播放歌曲《荒城之月》。镇子的人们都说,泷廉太郎是想着这座城镇的冈城址,谱出了《荒城之月》的曲子。据说泷的父亲明治二十年左右,当过这个地区的郡长,廉太郎也在往昔的竹田町高等小学上过学,少年时代或许到城址上玩过。

泷廉太郎死于明治三十六年,二十五岁。是按虚岁计算,我后年就到了他这个年龄。

——我真想二十五岁就死。我记得上女校时曾经和同学们谈论过这件事,似乎是同学们提起的,又好像是我提起的。

《荒城之月》的词作者土井晚翠,今年[1]也去世了。我来这里之前,听说在竹田町的冈城址举办了晚翠追悼会。听人说作曲的廉太郎和作词的晚翠,在伦敦见过一次面,那时我父亲还很小,年轻诗人和音乐家相逢于异国他乡,

---

1 昭和二十七年(1952)。

是否和为《荒城之月》作曲有缘，我不知道。但是他们两个留下一首动人的歌曲。如今，《荒城之月》脍炙人口，无人不晓。然而，我同您见过一面，究竟留下了什么呢？

——留下了泷廉太郎这个天才之子……为何会突然这么想，我自己甚感惊奇。我之所以能有这样的联想，并且还能写信对您诉说，抑或因为今天待在父亲的故乡城镇，怀有一份闲情逸致吧。不过，您可曾想到，作为女人，胸中时不时会因为"如果"而产生一种不知是害怕还是喜悦的战栗。您心中是否浮现过与我相同的不安情绪呢？这在我是一种无法预测的战栗，我这才感到我是个女人。我曾梦想过，不对您说，瞒着您，直到将其养育成人。我之所以这么想，正如同作为母亲女儿的我落得了此般因果，我心中下定了假设性的决心。您感到惊奇吗？我是个女人，这点事足以使我日渐消瘦，但是那种不安并未长久持续。

在竹田车站听到《荒城之月》的歌声，我只是想起了那时的战栗。

四方围岩壁，竹田秋水流。

今日想到镇子里走走,走在秋水潺潺的桥梁上,就听到歌声。我被吸引着向车站方向走去。车站某处在放音乐。昨天不是坐火车,而是从久住町乘汽车来的,所以没注意。

河流就在车站前边。从车站回到桥上,歌声依然在持续。凭栏伫立,久久眺望着河面。河水左岸,河滩的巨石上,竖立着柱子,伸向河面,排列着小房子的人家。岩石一头有个女人洗衣裳。车站后面紧挨着山石岩壁,岩肌上流淌着细细的水流,犹如小瀑布。岩山布满红叶,随处残留着绿色。

我一边怀念您,一边在父亲的城镇上转悠。父亲的故乡不再是陌生的城镇。昨日黄昏时分到达时,还不知道,今天早晨一看,真是个小村镇。走向哪里都会撞到岩壁。我感到我置身于"四方围岩壁"之中。

昨夜,我发现伯父用的旅馆的火柴盒上印着"山清水秀,竹田美人"的文字,笑着说:"像京都呢。"

——"可不,都被称为竹田美人呢。还有弹琴、品茶,这里自古就是游艺之地啊!水也好,镇子中央檐下流过的小沟,这里称为'井出',你父亲小时候,早晨就在'井出'

旁边刷牙漱口,还洗过茶碗呢。"

人口只有万人的小镇,十多座寺院,近十座神社,或许真像个小京都。

——伯父说,竹田美人也都不在了。他说罢,举出几位过去的人以及去东京的人。我走在街上,只见女人们都长得很漂亮。走到镇子尽头的洞门旁,看到岩山上红叶似火。耸立于门洞对面出口的岩石,布满绿苔,那绿色前边,一位穿着白毛衣的秀美的姑娘,正款款向这里走来。

镇子正中有一条贯通商店街的柏油马路,排列着寂寞的铃兰电灯[1]。拐进横巷,是静寂的老街。似乎很快就会碰到岩壁。这里有石崖、白色仓房、黑色板壁,还有几近坍塌的城墙,我想,确实是座古老的城镇,不过,据说在明治十年的西南战争[2]中全部被焚毁。以前保留下来的房舍,听说只有山脚下的寥寥几座。

回到伯父家里,提到这座古镇,伯母说道:"看来,文子姑娘在城里走遍了每个角落哩。"

---

1 铃兰电灯:仿铃兰花造型的装饰用街灯。
2 西南战争:明治十年(1877),主张"征韩论"而失势的西乡隆盛,回归乡野鹿儿岛举兵反叛,包围熊本镇台后遭政府军镇压,自刃而死。

不足半日，我就走遍了田能村竹田[1]旧居、田伏屋敷遗迹上的天主教隐蔽礼拜堂、中川神社圣地亚哥的钟表、广濑神社、冈城址、鱼住瀑以及碧云寺等名胜地方。

如今在竹田町，很多人提起竹田依然称"竹田先生"。昨天，我从久住町来的路，过去曾经是大名行列[2]的通道，竹田和广濑淡窗[3]等众多丰后地方文人，经常来往于这条道路。赖山阳[4]访问竹田，走的也是这条路。竹田旧居，保留着和山阳一起品茶的茶室。这间茶室和堂屋之间的庭园内，阳光照射着芭蕉发黄的叶子和干枯断裂的叶子。桐叶也发黄了。堂屋前边有块菜地的遗迹，据说竹

---

1 田能村竹田（1777—1835）：江户时代后期南宗画（文人画）画家，绘有《梅花书屋图》《亦复一乐帖》等。临终前，写下讴歌永恒人生的绝笔诗："一昨不死又昨日，昨日不死又今日，今日不死又明日。若许不死又日腾腾腾不死。踏尽今年之三百六十日，明年三百六十。"（《不死吟》）
2 大名行列：大名奉公时，往返自藩国和江户的队列。
3 广濑淡窗（1782—1856）：幕末儒者，大分县人，一生未到过江户、京都和大阪。创设私塾咸宜园，培养高野长英、大村益次郎、长三洲等，门生四千。友人中名士济济，有帆足万里、赖山阳、梁川星岩和贯名海屋等。
4 赖山阳（1780—1832）：汉学家、汉诗人、书道家。著有《日本外史》《日本政记》《山阳诗钞》等。

田给山阳吃了那里种的蔬菜。竹田纪念馆的画圣堂，是一座新式建筑，但听说里面也有茶席，可以品抹茶，有时会悬挂竹田的南画。

天主教隐蔽礼拜堂，在竹田庄附近。竹丛深处的岩壁上，开凿着一座相当宽大的洞窟。圣地亚哥的钟表上，标有"1612 SANTIAGO HOSPITAL"（1612圣地亚哥医院）的字样。

竹田往昔的城主是天主教徒。

竹田庄的庭园里有织部灯笼[1]。沿小路向上走，再向右转就是竹田庄的石崖；向相反方向左拐，那里的宅邸居住着古田织部的子孙。从宅前走过去，心中也是激动难平。传说过去古田织部的孩子来竹田，就住在这里。这里好像叫作上殿町，是往昔武家宅邸所在的街衢。

我不会忘记。在圆觉寺的茶会上初次见到您时，是稻村雪子小姐点茶。

——"茶碗呢？"

——"啊，就用那个织部茶碗吧。"

---

[1] 织部灯笼：石灯笼的一种，以没有台座为特色。相传为茶人古田织部所提倡，安设于茶室庭院之内。

栗本师傅说，那是您父亲喜欢的茶碗，送给她了。在属于您父亲之前，本是我父亲的遗物。是母亲送给您父亲的。雪子小姐用那只黑织部茶碗沏茶，您喝下去了。只是如此我就已经无法抬头了，这是怎么回事呢？

——"我也想用那只茶碗……"母亲说。

母亲用那只茶碗喝下了命运的毒汁吗？

我没想到，在父亲的城镇走了一圈，竟然清晰地回忆起那次茶会来。假如那只黑织部茶碗还在师傅手里，请您要回来，使它去向不明，也请您把我当作去向不明吧。

看了父亲的城镇，我就要离开竹田了。我之所以如此絮絮叨叨谈论这座城镇，或许是因为我不打算再来了。我想在父亲的故乡同您分手。这封信我不想发出，如果发出，那也是最后一封。

冈城址上除了石崖，什么也没有留下来。不过，险峻的高地，景象壮美，秋晴的日子，可以看到山峦。祖母山、倾山的连峰，还有对面的九重，以及大船山峰顶，只是萦绕着淡薄的白云。我步行而来的高原和山岭，都在那个方向。我在高原的松阴下和芒草穗子的波涛中不断思念着您，同时也在想，这回是真的和您道别了。到如今还说这些告别的话，未免有些恋恋难舍，不过，我即便从您身边消失，作为一个女人，内心里还是不能猝然了断。请原谅我吧，晚安。

旅途的信上，写了不少劝您同雪子小姐结婚的话语。还是由您自行决定吧。我和母亲，决不会妨碍您的自由，也决不会妨碍您的幸福。请您务必不要再寻找我了。

旅行六日，写了这么些无用的话，女人家就是爱唠叨啊。我希望您能理解同您离别的我。但言语虚空，女人只有留在男人身旁才能求得男人理解，而今我正相反。我打算从父亲的城镇重新出发。再见。

七

菊治近一年半之前读文子的信，和如今同雪子新婚旅行归来读文子的信，对文子语言的理解，完全不一样。

但是，他不明白是怎样的不同，或许因为语言是空虚的吧？

菊治在新居的院子里，烧掉了文子的信札。

庭院里没有什么东西，只是用粗劣的木板，围起一块褊狭的空地罢了。

信湿了，不易着火。

将信札散落开来，不住擦火柴。文子的墨色变了，即使变成灰，还残留着文字。

"词语呀，快些燃烧吧。"

菊治将一枚枚信笺丢进火里。

文子的语言，那些信札，全都烧了，又会怎么样呢？菊治躲开烟雾，转向一旁。板壁的一隅，斜斜映射着冬日的阳光。

"你们的旅行怎么样啊？"

廊下突然传来栗本千佳子的声音，菊治不由打了个寒噤。

"什么啊，别说话。"

"因为您不回答我啊。都说新婚夫妻容易遭窃。女佣也还没有来吗？或许光是小两口过上一阵子更好。雪子小姐还好吧？"

"你从哪里知道的？"

"您家的位置吗？蛇有蛇道。"

"不愧是条蛇。"

菊治脱口而出。

父亲死后，千佳子依旧不打招呼就径直闯入菊治家里。眼下她又来了，菊治再度唤起满心的厌恶。

"不过,大冬天让雪子小姐洗洗涮涮,真是太为难她了,还是由我来服侍吧。"

菊治没有理睬。

"您在烧什么呀?是文子小姐的信吗?"

还未丢入火中的信就在菊治膝头,因为他蹲踞着,照理说千佳子看不见。

"烧了文子小姐的信,也许会暖和些。这倒是件好事啊。"

"我落魄到如此地步,只好住这种房子。也没什么事需要你来这里了,我不欢迎。"

"我不会打扰您的。当初您和雪子小姐的交往是我搭的桥,这毕竟是件可庆幸的好事,我也很放心。此外,我只是想再为你们尽把力罢了……"

菊治将未烧完的信件揣进怀里,站起身来。

千佳子看到菊治,站在廊下一端,后退了一步。

"啊呀,干吗那样绷着一张可怕的脸?雪子小姐的行李好像还没整理,我想帮帮她……"

"你管得真多啊。"

"也没有多少事,只希望您能理解我的一份用心。"

千佳子瘫坐在地上,刚一抬起左肩,就怯生生地喘息起来。

"夫人回娘家了吧?菊治少爷为何抛下夫人一人,急忙赶回来了呢?夫人很担心呢。"

"你是打雪子的老家来的吗?"

"我去贺喜来着。要是不合适,我道歉。"

千佳子说罢,瞥了一眼菊治的面色。菊治按捺住满心怒气,说道:

"对了,那只黑色织部茶碗还有吗?"

"是老爷送的那只吗?还在。"

"要是还在,让给我吧。"

"好的。"

千佳子充满疑惑的迷惘的目光,不久就似乎干涸在满心的怨气之中了。

"老爷的东西,我一生都不想放手。但是,只要菊治少爷您想要,不论今天还是明天都无所谓……不过,您还打算学习茶道吗?"

"希望你能马上拿给我。"

"我知道了。烧了文子小姐的信札之后,您就用黑色织部茶碗喝上一杯吧。"

千佳子低下脑袋,做出一副要分开什么东西一般的样子,出去了。

菊治再次回到庭院里,双手颤抖,连火柴也擦不着。

新家庭

一

雪子是个爱动而充满朝气的女子，但菊治也时常看到她对着钢琴发愣。

在这间房子里，钢琴显得太大了。

这架钢琴是菊治新近建立关系的一家工厂制造的。菊治的父亲曾是乐器公司的股东。这家乐器公司，也临时改行制造了武器。战后，乐器公司的一位技师，提议自行设计制造钢琴，借助父亲的老关系，屡次来和菊治商量。菊治把变卖宅子的钱投了进去。

这家小工厂作为实验品制造的钢琴，有一台也搬到菊治的新居来了。雪子的钢琴留给故乡的妹妹了。她为故乡的妹妹并非买不起另一架钢琴，因此，菊治曾两次三番对雪子说：

"如果这架觉得不合适，那就把原有的旧钢

琴要来吧。不要顾忌我的关系。"

在菊治看来,雪子之所以坐在钢琴前面发呆,或许因为她对钢琴不甚满意。

"这架就挺好。"

雪子听到菊治的话,一副出乎意料地样子,继续说道:

"虽然我不是很懂,但调音师不是夸了这架钢琴吗?"

实际上,菊治心里很清楚,那并非因为钢琴本身。而且,雪子对钢琴既无兴趣,又非擅长,并没有分辨钢琴好坏的能力。

"因为你一直坐在钢琴前边发愣……"菊治说,"看起来你好像对这架钢琴不中意。"

"和钢琴没关系。"

雪子率直地回答。本来还应该继续说下去,不过,她突然改变话题。

"您看到我一直发愣吗?什么时候看到的?"

玄关一侧连接着寻常的西式房间,钢琴放在那里,无论从餐室还是楼上菊治的房间都看不到。

"在娘家时,老是那般吵吵嚷嚷,根本没时间发愣。能发愣倒是很稀罕哩。"

父母双全,兄弟成行,客人出出进进,菊治脑子里浮现出雪子颇为热闹的娘家来。

"不过,以前看到雪子你,给我留下很沉静的印象。"

"是吗?我可能说会道了。只要有母亲和妹妹在,就不会有沉默的时候。娘儿三个总有人在说话。不过三个人当中,我还算是说得最少的。当母亲在客人面前说个没完,我就闷声不语了。母亲那些社交型的会话,连您听了都会感到腻烦。一旦待在母亲身边,我或许就是个言语不多、冷酷无情的姑娘吧。妹妹倒总是和母亲一唱一和……"

"你母亲很想将你嫁到高贵的人家去吧?"

"是啊。"雪子老实地点点头,"到这里来之后,我说的话好像不到在娘家时的十分之一。"

"因为白天只你一个人在家啊。"

"即使您在家,我也不会像着火一般说个没完。"

"可不吗,要是外出散步,你就爱说话了吧。"

菊治说着,想起晚上两人逛街时,雪子似乎忘记近来的寒气,高兴地说个没完。她还靠过来,挽起菊治的臂膀。雪子一旦走出家门,就像获得了解放。

"现在我一个人不会单独外出了,在娘家时,一旦外出回家,就把在外看到的一切告诉母亲,然后再对父亲说一遍。"

"那样,你父亲也很高兴啊。"

雪子盯着菊治瞧了一会儿,然后点点头。

"我同父亲说话,母亲有时也会跟着听第二遍,悄悄地笑着。"

雪子离开父母之爱嫁给菊治,坐在这座寒酸的餐厅,直到如今,菊治似乎依然有些不解。

菊治发现雪子的睫毛间藏着一颗淡淡的小黑痣,那是在两人一起生活之后。

菊治看到雪子的牙齿很美,似乎是放光的,也是住到一起之后的事。接吻时,也为她牙齿的清纯所打动。

菊治紧抱着渐渐习惯于接吻的雪子,突然热泪滚滚。正因停留在接吻的程度,在菊治看来,雪子就是个值得他一生珍重、既可爱又可敬的女子。

然而,只停留于接吻,对于雪子并不像菊治那般感到懊恼和焦虑。雪子对结婚这种事不会麻木无知,但对雪子来说,拥抱和接吻,足够使她感到新鲜和惊异,这其中已满溢着温爱。她回报了菊治。

菊治只能苦恼自己,他有时也会换一种思考:如此的新婚生活,也没有什么不自然或不健康,不是吗?

雪子从蔬菜店买来萝卜和京菜[1]，这些蔬菜的青绿和细白，在菊治眼里也很新鲜。这不就是幸福吗？他在以前的家里同老女佣生活在一起时，从未见过厨房里的青菜。

"一个人住在那样宽敞的房子里，您不感到寂寞吗？"

来到这个家之后不久，雪子曾经问过菊治。这个简短的问题，菊治直接听得出来，她是在追溯他的过去，以此安慰菊治。

菊治早晨醒来，发现雪子不在身边，立即感到孤单起来。早晨有好多事要做，雪子早起是当然的事。不过，菊治醒来后如果能看到雪子的睡相，他将包裹在多么温馨的感情之中啊！他竭力想比雪子早些睁开眼来。每当发现旁边的床铺没有了雪子，心中就不由涌起淡淡的不安。

某日黄昏，菊治刚刚回来就高声叫喊：

"雪子，你在使用一种名叫马查贝利王子[2]的香水吗？"

"啊呀，您怎么啦？"

"我在洽谈钢琴事宜时，遇到的一位女宾说

---

[1] 京菜：十字花科植物，叶多出于根际，春天开黄花。叶茎可食。又名千筋菜。

[2] 原文为 Prince Matchabelli，美国香水品牌。

的,竟然有嗅觉如此灵敏的人。"

"那香气是如何传播出去的呢?"

雪子嗅一嗅手里接过来的西服,突然想起什么似的说:

"我把香水瓶忘记在西服衣柜里了。"

二

二月末,连下三天的雨,快到晚间停止了,广阔阴霾的天空轻柔地低垂下来,呈现一派淡淡的桃红。星期天,栗本千佳子抱着黑织部茶碗来了。

"哎,我把当作最佳纪念品珍藏的茶碗带来了。"

千佳子说着从双重盒里拿出来,托在手上凝视着,然后放在菊治跟前。

"眼下正是要使用它的时候,这上面绘着嫩蕨菜……"

菊治对她拿来的茶碗瞧也没瞧一眼。

"在我忘却的时候又拿来了。那天我叫你当天拿来,你没来,本以为你不会再来了呢。"

"因为是早春时节的茶碗,冬日里送了来,总觉得不合适,实在没法子啊。再说,一旦要脱手,总觉得依依深情,难于割舍,可真是的……"

雪子端来茶水。

"啊,夫人,打扰了。"

千佳子有些夸张地说。

"夫人没有女佣就度过了冬季吗?您可真能忍受啊!"

"我想两人单独在一起的时间更长久些。"

雪子清清朗朗地回答,使得菊治甚感惊奇。

"对不起,"千佳子独自点点头,"夫人,这只织部茶碗还记得吗?渊源很深啊。我觉得把它作为贺礼送给你们,比什么都好……"

雪子以探询的目光看看菊治。

"夫人也请坐到火钵旁边来吧。"千佳子说。

"好的。"

雪子来到菊治身边,胳膊肘蹭着胳膊肘地坐下来,菊治暗暗忍住笑,对千佳子说:

"我不敢领这份情,把它卖给我吧。"

"那哪成啊,想想看,老爷送的礼物,无论多么穷困潦倒,也不好转卖给菊治少爷啊……"千佳子正面回应道,"夫人,我很久没见过夫人点茶了。像夫人这样能做出如此举止大方、气品高雅的点茶的小姐独一无二。看您这样待着,您在圆觉寺的茶会上,第一次用这只织部茶碗为菊治少爷献茶的情景,仿佛又重新浮现于眼前。"

雪子沉默不语。

"您要是用这只织部茶碗再给菊治少爷献上一杯茶,我的礼物也就更有意义了。"

"可我们家什么茶具也没有。"

雪子低着眉头回答。

"啊,别这么说……要点茶只要有茶筅就行。"

"好的。"

"这只织部茶碗,请好好保存吧。"

"嗯。"

千佳子朝菊治的脸上瞥了一眼。

"您说什么也没有,不是有水罐吗,那只志野水罐?"

"那个用来插花了。"

菊治连忙回答。

太田夫人的遗物水罐,菊治没有变卖,拿到这个家里了,放在抽屉里,似乎被遗忘了。今天又被千佳子提起,菊治猝然一惊。

这表明,千佳子对太田夫人的憎恶似乎仍在持续。

雪子送千佳子走出大门。

千佳子在门口抬头望望天空。

"城市的灯光好像照亮整个东京的天空……天气暖和了,真好啊。"

她说罢,耸立着一边的肩膀,摇摆着身子走了。

雪子坐在门口。

"口口声声,'夫人,夫人'的,好像故意这么喊叫,好可厌啊。"

"是可厌,估计她不会再来啦。"

菊治也在门口站了一会儿。

"不过,'城市的灯光好像照亮整个东京的天空',这句话她说得太好了。"

雪子下来打开玄关的门扉,望望外面的天空。她转身正要关门时,菊治也在窥探天空,雪子犹豫了好一阵。

"可以关上吗?"

"好的。"

"真的暖和起来了。"

回到餐室,织部茶碗还放在那里,菊治说,等雪子收拾好了,想到街上看看。

登上高台的住宅区,来到没有行人的地方,雪子拉起菊治的手。雪子似乎很珍爱自己的手,不大轻易动用。但尽管如此,为冬季冷水所侵,掌心变得粗硬了。

"那只茶碗您不想白要,是想买下吧?"雪子冷不丁地问。

"哎,要卖掉。"

"是吧,她是来卖的吧?"

"不,我要卖给茶具店,把那钱转给栗本就行了。"

"啊,要卖掉吗?"

"关于那只茶碗,在圆觉寺茶会上,你不是也听闻了吗?刚才栗本也提到了。那本是我父亲送给栗本的茶碗。可在那之前,一直为太田家所收藏。它是一只有来历的茶碗……"

"不过,我并不在意这些,如果是一只好茶碗,您留下也是可以的。"

"肯定是一只好茶碗,正因为是一只贵重茶碗,那就应该交给相应的茶具店,我们还是使它去向不明为好。"

菊治一下说出了文子信中的话:"使它去向不明"。他从栗本手里要回茶碗,也是遵从文子的信。

"那只茶碗自有那只茶碗非凡的生命,要使它脱离我们而生存。我所说的'我们',不包括雪子你……那只茶碗本身坚强而美丽,并未呈现出为不健康的愚执所缠绕的姿影。可我们伴随茶碗而来的记忆过于糟糕，会以邪恶的眼光看待这只茶碗。这里所说的'我们'，只不过五六个人。自古至今，真不知有几百人始终理解它，珍视它。那只茶碗产生后也有四百年了，从茶碗的生命来看，在太田家还有我父亲以及栗本手中所保存的年限实在很短，简直就像云影过眼。要是今后能够为健康的收藏家所持有就好了。即便我们死后，那只织部茶碗，依然在某人手中光艳美丽，那该有多好啊！"

"是吗？您要是有那样的想法，不卖掉不是更好吗？我倒是随着您。"

"脱手我并不感到可惜，我一向对茶碗不抱执着之情。我想从那只茶碗开始洗去我们的污垢。栗本保有它也使我感到恶心，就像那次圆觉寺茶会上，她突然拿了出来。茶碗不应该被人的丑恶因缘所束缚。"

"这么说，茶碗比人还伟大。"

"或许吧。我并不了解茶碗，但它经过数百位有眼光的人的传承，我不能将它一手毁弃，还是让它去向不明为好。"

"让它作为我们记忆中的茶碗保留下来，我也喜欢呀。"

雪子以清亮的嗓音重复着说。

"纵然现在我不理解,今后要是这只茶碗看上去顺心了,不也是很高兴的事吗?以前的事没关系嘛。要是卖掉了,往后想起来,不是很寂寥吗?"

"那倒不会,那只茶碗命中注定要离开我们而去向不明。"

谈论茶碗,一旦扯到命运,菊治就像尖刀刺进胸膛一般想起文子。

他们逛了一个半小时后回到家中。

雪子正想将火钵的火移到被炉内时,蓦地用两只手掌握住菊治的手,她似乎想让菊治感受一下左手和右手的温差。

"栗本师傅送的点心,尝尝吧。"

"我不要。"

"是吗?除了点心,还送了浓茶呢。她说是从京都寄来的……"

雪子毫不介意地说。

菊治将织部茶碗用包袱皮裹好,走过去放进抽屉,发现里面的志野水罐,打算把水罐同茶碗一起卖掉。

雪子搽过面霜,拔掉发卡,准备就寝。她散开头发,一边梳头一边说:

"我也想将头发剪短,怎么样,可以吗?不过,要是裸露出后面的脖颈,也是挺叫人害臊的。"

说罢,她撩起后面的头发给菊治看了看。

口红似乎很难去除,她走近镜台,微微张开双唇,对着镜子用纱布揩拭。

他们在黑暗之中相互温润,菊治沉浸于自我内心的冥想之中,这种神圣的憧憬,将会如此永远地冒渎下去吗?但是,大凡最纯洁之物,都不会被任何东西所玷污,因而,它对任何东西都会加以宽宥。这种事应该也是有的吧?他幻想能够随时获得自我救赎。

雪子入睡之后,菊治就缩回手臂,然而一旦脱离雪子的体温,就感到可怖的寂寞。还是不应该结婚啊!一种锥心般的悔恨,静候于身边冷寂的铺席上。

三

接连两天,傍晚的天空布满淡淡的桃红。

菊治在回家的电车上,看到新落成大楼窗内的灯光,全都是白茫茫的,他想那是什么灯呢?看来那是荧光灯。好像为表达新建筑的喜悦,各个房间都大放光明。那座大楼的斜上空,出现一轮即将满月的月亮。

菊治回到家里时,空中的桃红已经变为满天晚霞,犹如被吸引到日落方向,又好似沉落下去。

走到家里拐角的地方,菊治微微感到不安,摸一摸上衣里面的口袋,银行支票还在。

雪子走出邻家的大门,快步跑进自己的家门。菊治看到她的背影,雪子没有发现菊治。

"雪子,雪子。"

雪子走出家门。

"回来了?刚才看到我了?"

说着,她涨红了面颊。

"邻居说,家里妹妹打来了电话……"

"哎?"

菊治出乎意料。邻居帮忙转接电话是从何时开始的事?

"今天的夕阳也同昨日一般。不过比昨天更为晴朗,暖和一些。"

雪子望望天空。

换衣服时,菊治掏出支票,放在茶橱上面。

雪子低俯着身子,一边收拾菊治脱下的衣服,一边说道:

"妹妹在电话里说,昨天礼拜天,她和父亲本想来这里……"

"到家里来?"

"是啊。"

"来了多好啊……"

菊治不经意地应道。

雪子用毛刷刷裤子,她停下手来。

"纵然您说来了好……"

雪子似乎挡了回去。

"我早前写了信,叫他们暂时不要来。"

菊治觉得奇怪,差点儿要反问一句"为什么"。这时,他突然意识到,作为夫妇,他们二人还未能彻底结为一体,雪子害怕父亲来家里。

这时,雪子立即抬头望望菊治。

"父亲很想来,我希望您请他一次。"

菊治的回答犹如雪子的眼睛一般明丽。

"不请自来不是更好吗?"

"因为是女儿的婆家……不过,也不完全是这样。"

雪子爽朗地应道。

菊治或许比雪子更害怕雪子父亲的来访。雪子提到这件事之前,他都不曾想到过,自从结婚之后,菊治从未邀请过雪子的父母兄弟。可以说,他把雪子的娘家人几乎全忘了。菊治和雪子竟然如此异常地结合在一起。或者说,正因为没有结合，除雪子之外，菊治他谁也不再考虑。

不过，搅得他浑身无力的，或许就是有关太田夫人和文子的记忆，始终像虚幻的蝴蝶在头脑里盘旋的缘故。菊治头脑黑暗的底层，总觉得有蝴蝶飞舞。那不是太田夫人的幽灵，而是菊治悔恨的化身。

然而，雪子不希望父亲来访，并写信加以劝止，这充分使菊治觉察到雪子内心的悲哀和困惑。正如栗本千佳子也曾怀疑过的那样，雪子过冬不雇女佣，或许她害怕女佣会探知他们夫妇之间的秘密吧。

尽管如此，在菊治的眼睛里，看到的多是雪子光耀夺目、兴高采烈的样子。菊治并不认为，那些都是在雪子用心体贴自己的时候。

"那封信是什么时候发出的？希望父亲不要来访……"

菊治问道。

"这个嘛，过年时节，好像是七日之后吧？过年时，我们不是一起到乡下去了吗？"

"那是三日吧。"

"是在那之后，又过了四五天。记得吗，新年第二天里，父亲母亲都忙于招待客人，只有妹妹一人来给我们拜年。"

"是的,还让她传话,叫我们第二天到横滨去呢。"

菊治也想起来了,他接着说:

"但是,你写信不让他们来,这是不妥当的。下个礼拜天,还是请他们来一趟吧。"

"好啊,父亲一定很高兴,他肯定会带妹妹一起来。或许父亲也觉得一个人单独来不太妥当吧……不知为什么,我也认为妹妹能一道来最好。"

有妹妹在,雪子也会轻松自在些吧。雪子显然不想让父亲看到她自己和菊治这种谈不上结婚的婚后生活。

雪子似乎烧好了洗澡水。一进小浴场,就听到调节水温的声响。

"先洗澡后吃饭吧?"

"那好。"

菊治进入浴池,雪子在玻璃门外问道:

"放在茶橱上的支票是怎么回事?"

"啊,那是卖织部茶碗的钱,应该转给栗本。"

"茶碗能值那么多钱吗?"

"不,里面还包括我们家水罐的钱。"

"家里的水罐占多少?"

"大概一半吧。"

"即使一半,也是个不小的数字。"

"是的,买什么用呢?"

雪子也知道这只织部茶碗,昨晚一边散步,一边还谈起过。然而,关于志野水罐的来历,雪子却一无所知。

"这笔钱不买东西,用来买股票怎么样?"

雪子站在玻璃门外问道。

"买股票?"

菊治有些意外。

"是这样……"雪子打开玻璃门走进来,"父亲把相当于那张支票四分之一的钱款转到我和妹妹户头上,并寄存在股票交易商那里叫我们让它增值。购买强势的股票存起来,如果下跌就不抛售,等待上涨,再转购其他股票,一点点越积越多了。"

"哦。"

菊治仿佛窥见了雪子娘家的家风。

"我和妹妹每天都看报上的股市行情。"

"那些股票如今还在手里吗?"

"还在。不过全都交给股票商了,自己看不到……因为下跌时不出手,所以不会受损失。"

雪子单纯地说道。

"好吧,那笔钱也存在雪子的那位股票商那里,可以吗?"

菊治笑着望望雪子。雪子身上系着洁白的围裙,脚上套着绯红毛线袜子。

"雪子也进来暖暖身子,怎么样?"

雪子双目炯炯,愈显得腼腆,愈加明艳动人。

"我在准备晚饭呢。"

她说着,飘然走出门。

四

这一周的礼拜六,已经进入三月。

父亲和妹妹明天来访,晚饭后,雪子一人上街买东西。她还买了水果和鲜花,抱着回来了。晚上打扫厨房,直到很晚。然后,她坐到镜台前,慢慢梳理头发。

"今天啊,我老是记挂着想把头发剪短。这之前您说过可以剪,但给父亲看到,使他惊讶总是不好……所以才请人先整整发型,不过我对这种发型也不满意,看起来总感到有些怪。"

她只顾自言自语。

就寝之后,雪子也沉不下心来。父亲和妹妹来访,就值得这样高兴吗?菊治似乎稍稍有些嫉妒之感。他又不由觉得这是雪子寂寞的体现。想到这里,他主动挨过去,温存地拥抱着雪子。

"你的手好冷。"

菊治将雪子的手搭在自己胸前,一只手挽住雪子的脖颈,另一只手伸进袖口抚摸着雪子的肩膀。

"跟我说说话好吗?"

雪子移开朱唇,挪动一下脸孔。

"好痒痒哩。"

菊治说着,撩开雪子的头发,帮她归拢于耳后。

"你叫我说点儿什么,还记得你在伊豆山也说过这句话吗?"

"不记得了。"

菊治不会忘记。当时,黑暗中,他一边紧闭震颤的眼睑,一边想起了文子,想起太田夫人。他极力挣扎,打算借助这种幻想,获取面对纯洁的雪子的力量。明天,雪子的父亲就要来了,能否以今夜为分界线呢?菊治再度想起太田夫人作为女人起伏不定的情感波涛,越发体会到雪子的清醇无垢。

"雪子你先说点儿什么吧。"

"我没有要说的话呀。"

"明天见到父亲,你打算说些什么呢?"

"我和父亲嘛,到时总会有话说的。父亲只

是想来看看我们的家。他只要看到我们幸福地生活在一起就满足了。"

菊治静静地待着，雪子依偎过来，用脸孔蹭着菊治的胸脯，他依旧一动不动。

第二天，上午十点钟后，雪子的父亲和妹妹到了。雪子立即忙活起来，和妹妹两个有说有笑。午饭及早开始了。碰巧这时，栗本千佳子来了。

"来客了呀？我只要见见菊治少爷就行了。"

菊治听到她在门外对雪子说话，便走了出去。

"您把那只织部茶碗卖掉了？原来您是为了出售，才从我这里要回去的啊。既然如此，您把钱转给我，又是怎么回事呢？"

栗本接二连三追问道。

"本想及早来问个明白的，但想到菊治少爷只有礼拜天在家，所以挨了几天来着。当然晚间也可以来的，不过……"

千佳子从手提袋里掏出菊治的信。

"这个还给您。里面包着钱，没有动，请数一下……"

"不，你全部收下吧。"

菊治说道。

"我为何要收下这笔钱呢？这难道是绝交的钱吗？"

"别开玩笑了,我现在为什么要给你绝交的钱呢?"

"说得也是。即使绝交,也用不着卖掉织部茶碗,并把钱送给我呀。这不是很蹊跷的事吗?"

"那本来是你的茶碗,卖的钱理应归你所有。"

"是我送给您的呀。也是菊治少爷您所想要的。我以为这是你们结婚的最好纪念。尽管对我来说,那是您父亲留下的纪念……"

"你全当是卖给我的钱不好吗?"

"那怎么好这样呢?我再怎么落魄潦倒,也不会把老爷的遗物再卖给您菊治少爷呀。上回我不是谢绝了吗?再说,您不是已经卖给茶具店了吗?这笔钱您要是硬给我,我就去将它赎回来。"

菊治转念一想,信里还是不写明是卖给茶具店的钱为好啊。

"啊,请进来吧……横滨的父亲和妹妹来看我们了,请不必客气。"

雪子沉静地说。

"您家老爷……啊,是吗?在这儿能见面,真是太好啦。"

千佳子急忙轻柔地放松双肩,独自点点头。

译后记

《千羽鹤》最初发表于一九四九年五月《读物时事别册》,至一九五一年完成《二重星》,第二年即被出版社及早纳入选题,当时同《山音》合为一册出版。

作家井伏鳟二说,本书作者接触志野瓷茶碗,有所联想,随之创造一位中年妇女"太田夫人"为书中主角,进而构思故事,滋生繁衍,而获巨篇。[1]

前半部的《千羽鹤》和后半部的《波千鸟》,几个登场人物虽然在情节轻重缓急中稍有变化,但基本上没有大的起伏。不过故事场地有所转变,前者以川端文学习惯使用的舞台——镰仓、圆觉寺以及湘南各地熟悉的场所而展开;后者则向外

---

[1] 本段内容作者为山本健吉(1907—1988),文艺评论家,起步于古典俳句研究,古今涉猎广泛。文化功劳者,文化勋章受章者。

延伸，一直到达九州岛内各处。

镰仓和圆觉寺我很早就从夏目漱石等人作品中初识，后来又经过多次踏访，倍感亲切。二〇〇七年秋天，一个黝黑的夜晚，我乘坐巨鳗般的"飞燕号"列车，由福冈先向南再向东穿越九州岛的福冈、熊本、大分三县之境。空荡荡的车厢，黑漆漆的暗夜，远远窥视着金峰山、阿苏山、九重山等浪漫之地，心情始终处于昂奋状态。那里可是古时萨摩、长州、土佐诸藩争斗之地，又是《三四郎》《草枕》和《波千鸟》里文学人物的故乡。我梦想有一天攀登阿苏山，观看"火山的休假"，洗一洗小天温泉，乘一乘巡游马车；有机会再逛一趟汤布院、血池和"十万地狱"……

而今回首，往事依稀，皆成飞烟一团，逝水一湾。当年福冈UNESCO协会每年例会的常客、学者师友——唐纳德·金（1922—2019）、加藤周一（1919—2008）、鹤见俊辅（1922—2015）、中西进、川本皓嗣、竹藤宽等，云散各处，有几位已经匆匆离去。想起他们的音容笑貌，不尽唏嘘。梦乎？景乎？实乎？幻乎？

根据文学评论家郡司胜义的论述，一九七四年七月，《波千鸟》文学故事的舞台、九重高原中的饭田高原名曰"大将军"之地,当地文学团体"川端康成先生景仰会"建立了"川端康成文学碑"。碑的正面镌刻着一首和歌:"雪月花开时,我最思友人";碑的背面则是《波千鸟》中的一段文字……

作家不在了,作家的文字还在。这些文字不但镌刻于碑面之上,同时还留存于一代又一代热爱川端文学的读者心中。

译者
二〇二一年八月二十一日
久雨乍晴草于春日井

图书代号：WX22N1828

图书在版编目（CIP）数据

千羽鹤 /（日）川端康成著；陈德文译. — 西安：陕西师范大学出版总社有限公司，2023.3（2023.3重印）
ISBN 978-7-5695-3026-1

Ⅰ. ①千… Ⅱ. ①川… ②陈… Ⅲ. ①长篇小说-日本-现代 Ⅳ. ①I313.45

中国版本图书馆CIP数据核字（2022）第101263号

千羽鹤

QIAN YU HE

[日] 川端康成 著　陈德文 译

出 版 人	刘东风
策划机构	雅众文化
策 划 人	方雨辰
责任编辑	陈柳冬雪
责任校对	焦　凌
特约编辑	马济园
装帧设计	小椿山
封面插图	若生秀二
出版发行	陕西师范大学出版总社
	（西安市长安南路199号　邮编710062）
网　　址	http://www.snupg.com
印　　刷	北京市十月印刷有限公司
开　　本	787 mm×1092 mm　1/32
印　　张	8.25
字　　数	124千
版　　次	2023年3月第1版
印　　次	2023年3月第2次印刷
书　　号	ISBN 978-7-5695-3026-1
定　　价	52.00元